Chloé Delaume est née en 1973 à Paris. Elle est notamment l'auteur de *Le Cri du sablier*, *La Vanité des somnambules*, *Certainement pas* et *Dans ma maison sous terre*.

Chloé Delaume

UNE FEMME AVEC PERSONNE DEDANS

ROMAN

Éditions du Seuil

TEXTE INTÉGRAL

ISBN 978-2-7578-3599-9
(ISBN 978-2-02-102094-6, 1ʳᵉ publication)

© Éditions du Seuil, 2012

Le Code de la propriété intellectuelle interdit les copies ou reproductions destinées à une utilisation collective. Toute représentation ou reproduction intégrale ou partielle faite par quelque procédé que ce soit, sans le consentement de l'auteur ou de ses ayants cause, est illicite et constitue une contrefaçon sanctionnée par les articles L. 335-2 et suivants du Code de la propriété intellectuelle.

Chapitre 1
Psyché, échos

Vous êtes Chloé Delaume ? Voix sans âge et femelle légèrement anguleuse au creux du téléphone. *Isabelle Bordelin, ça vous dit quelque chose ?* Un blanc, quelques secondes. *Ça vous dit quelque chose ?* J'identifie enfin. Une lectrice, des échanges le mois précédent. Une histoire déplaisante, j'aimerais mieux oublier. *Elle s'est suicidée avant-hier.*

Isabelle Bordelin. Elle m'avait envoyé un mail pour se présenter. Elle disait donc bonjour et également je suis. Des riens m'avaient gênée, déjà, des adjectifs, quelques tournures, des livres et des chansons. J'avais la sensation d'être face à un miroir déformant, traits communs, effet grossissant, chaque travers alourdi.

Des riens m'avaient gênée, au point qu'il me semblait pratiquement impossible qu'une telle personne existe, un corps réel, une pensée un langage quelque part dans le réel, c'était moi mais crachée en un glaire venimeux. J'ai hésité longtemps à lui répondre, d'ailleurs je n'ai pas répondu. Je redoutais une blague infecte, une sorte de piège tendu en sous-sol parodie. Macabre, sordide, la parodie.

Il y avait eu ses textes, ensuite, son manuscrit. Un décalque malsain de mes trois premiers livres. Une syntaxe hachée violine papier carbone, sa langue qui ânonnait les stigmates de la mienne à m'en provoquer des haut-le-cœur. En dépit de. Malgré. Son infinie souffrance. J'ai montré ses écrits, chez tous même ressenti. Sa douleur n'avançait qu'en pantomime masquée par mes tics et grimaces, non plus un geste ici mais gesticulations.

Je ne me souviens plus de la raison exacte, de ce qui m'a poussée à lui téléphoner, une vraie ambivalence, pulsion de face-à-face voir ce qu'elle avait dans le ventre hors de ce simulacre. Comprendre, aussi, comprendre. Qui pouvait à ce point être devenu aphone pour se greffer fil blanc, au vif des cordes vocales, mes polypes étrangers. Je pensais qu'elle était très jeune. Pas de voix propre et au fond très peu de référents. Tous communs, cela va de soi. Je lui ai dit : vous êtes très jeune. Vous avez le temps de vous trouver, si vous voulez que je vous aide il faudra beaucoup travailler et cesser d'aspirer mon ombre. J'ai compris que c'était foutu quand elle m'a répondu demain je fête mes trente-sept ans.

La mort de Silence Majuscule, ça reste cette scène, Belleville, l'été, mes membres se pétrifient au creux du canapé, mes amis s'interrogent, le combiné sature. Fraîchement endeuillée, la mère hurle. *Pourquoi ?* Elle est dans la chambre de sa fille, à genoux sur son lit elle décrit tranche à tranche le contenu de l'étagère, il y a tous mes livres. *Pourquoi vous ?* Trente-sept ans, comme moi, pas une jeune femme n'est-ce pas, la thanatopathie est un mal incurable. *Pourquoi mais pourquoi vous ?* Des cris et des mots comme : *responsabilité, livres faits pour tuer, dans la tête du lecteur, saloperies, mort, violence.* Je pense à Silence Majuscule. Au jour où elle m'a lue pour la toute première fois. Je me refuse à croire que ça ait changé sa vie au point de l'anéantir. Sa mère, en salve, accuse. Un silence, puis elle pleure. Quelque chose est *injuste, anormal, illogique.* Dans un souffle elle s'effondre : *Je connais votre histoire. Pourquoi elle est morte et pas vous ?*

Depuis le début de l'été j'utilise des pierres de protection. Des quartz colorés dotés de propriétés aux effets bouclier. Mes défenses sont réduites tant les mois écoulés ont charrié le chaos, greffe au mariage j'ai deux amours, densité du triangle, relation épuisante, déflagration finale, ruptures, j'en sors exsangue. Laissez faire votre instinct, la pierre qui vous convient saura vous attirer m'a certifié le vendeur. Boutique ésotérique, monticules scintillants, j'ai choisi un caillou rayé de part en part, doux au toucher, jaune brun. L'Œil du Tigre, a souri le vendeur. C'est une sorte d'égide, elle est particulière : *Réfléchit les énergies négatives vers son émetteur.* J'ai pensé quelle merveille, me voilà désormais équipée d'un objet fortifiant l'inventaire. Qui me voudra fera du mal sera ecchymosé en boomerang, je suis une bien puissante sorcière.

Isabelle, ce n'est pas qu'elle me voulait du mal, c'est que son nom ne pouvait qu'être Silence Majuscule. Condamnée aphonie, elle portait un secret qui gangrénait son intérieur. Datation du prurit : l'adolescence ; un père qui la visite la nuit ; une mère qui nie pour l'extérieur. C'était l'objet de son texte comme de ses confidences, j'avais la sensation d'être prise en otage, brutalement impliquée, une position étrange, comme partie intégrante d'un processus frontal, un désir de vengeance qui ne pouvait voir le jour qu'après le stade ultime de ma validation. Je pouvais publier ce cri, je dirigeais une collection. Elle n'avait envoyé le manuscrit à personne d'autre, néanmoins. C'était de moi et de moi seule qu'elle attendait un retour. J'étais, cautérisée, reine des âmes suppurantes. L'unique à détenir le pouvoir de réparation. J'ai tenté de désamorcer, mais elle restait butée, si butée, Silence Majuscule.

L'envoi de son texte, son histoire familiale déversée brutalement dans la conversation, ce n'était pas vraiment un appel au secours. Elle voulait que je la reconnaisse, elle qui affirmait sa souffrance. Que je la reconnaisse comme écrivain, parce qu'elle ne pouvait être que cela, son statut de victime légitimait sa démarche autant que le résultat. Elle prenait le trauma comme une preuve implacable : puisque l'horreur est vraie, il y a littérature. Elle n'avait pas saisi qu'une plaie seule ne chante guère, mais je ne pouvais pas lui dire la vérité.

Je lui ai conseillé de consulter quelqu'un, une personne compétente. De trouver une forme adaptée, de se demander pourquoi elle écrivait. Si ce dont elle avait besoin c'était écrire ou bien être publiée. Création ou Reconnaissance. Accomplissement personnel *vs* Statut social. Ma question était juste, mais j'étais mal placée. Inscription au plateau le droit de bouger ses pions en avançant doucement mais avançant quand même. Résiliente lauriers-roses, le fumet du civet. Silence Majuscule, la brûlure, le baume, les aguets. Aussi. Je lui ai précisé que la littérature n'était en rien une thérapie, que c'était même probablement tout le contraire. Ce que j'ai fait, Madame, j'ai cru le devoir faire. Mais la mère, elle, récuse. C'est son troisième appel, il est plus de minuit, encore les injures fusent. Dans ma poche l'Œil du Tigre, entre mes doigts la pierre semble se réchauffer. *Réfléchit les énergies négatives vers son émetteur.* Alors à mon tour j'articule. *Je connais votre histoire. Pourquoi elle est morte et pas vous ?*

Peut-être que c'est comme ça que tout a commencé. Juste à cause de cette phrase de Silence Majuscule confiée au téléphone quelques semaines avant qu'elle cesse d'être vivante. Car elle avait un but, un objectif précis formulé très clairement : *Je veux être à mon tour Chloé Delaume.* Elle m'a vraiment dit ça. *Je veux être à mon tour.* Le pire, je crois, a été de penser je ne suis pas en danger, elle n'y arrivera pas. Chloé Delaume en fait c'est quoi fonction emploi locaux sous peu disponibles laquelle ici a-t-elle déposé une annonce merci de s'expliquer il faut qu'on s'organise.

Autrui : projection & éclaboussures. Ils me fixent et pourtant ce n'est pas moi qu'ils regardent. Je vous promets que c'est vrai. En plus ils sont légion. Ils me scrutent juste afin d'admirer leur reflet : je suis écran total, surface réfléchissante. Parfois leurs yeux se crèvent et il faut nettoyer.

Je me demande ce que serait la vie, la vie de Silence Majuscule, si elle n'avait pas lu mes livres. Si l'idée d'être Chloé Delaume à son tour lui avait été épargnée. Est-ce qu'elle aurait pu être sauvée ? Je doute que ça changerait grand-chose. J'affirme : c'est l'inceste qui l'a tuée. Précédemment, à maintes reprises, elle a attenté à ses jours. Existence morne, vide et ennui. En guise de ritournelle, une plaie. Trente-sept ans, comme moi. *Pour elle vous étiez un modèle* me dit, enfin calmée, la mère, des jours plus tard. Un modèle. Le châtiment commencerait là.

Un modèle. Le *Petit Robert* dit : *Ce qui sert ou doit servir d'objet d'imitation pour faire ou reproduire quelque chose*. *Reproduire*, j'entends, *reproduire*. Moi qui me refuse à enfanter, reproduire, j'entends *reproduire*. Au-delà de l'effroi il y a juste $\sqrt{[\text{l'épouvante} + \text{frayeur}^2]} \times 2$. Je refuse *reproduire* comme je refuse *modèle*, il suffisait d'une fois envoyez la monnaie. Si je la nomme ici Silence Majuscule c'est pour que sa voix porte puisque sa langue n'était que mimes en boursouflures. Nervures d'une autre, bouche autre : la mienne. Isabelle si perdue, soudain a pris modèle. Un canevas au point de croix, elle s'est piqué le doigt, elle dort à tout jamais.

Je m'appelle Chloé Delaume. Je suis un personnage de fiction. Un être d'autofiction. Qui à maintes reprises engage son lecteur à s'écrire par lui-même, à donner à sa vie une forme inédite dont il est le héros. Voilà ce que je dis, redis, écris sans cesse. Sauf que.

Isabelle Bordelin, ce n'est pas ce qu'elle a lu. Le monde contemporain nous formate et dévore à renfort de vieilles fables et de petites histoires, l'existence est un conte, ça elle l'a entendu. Elle ne pouvait que l'entendre compte tenu de son rôle passif et victimaire. Elle voulait modifier la fiction familiale qui la tenait prisonnière, raturer, corriger, surtout corriger le père, une torgnole exemplaire pour une réparation qu'elle souhaitait absolue. Le problème c'est comment, comment elle s'y est prise. Là, quelque chose échappe, à commencer je le crains par son propre destin, sa perception de la vie, de sa vie, oui, la sienne. Qui n'avait qu'un seul but : devenir à son tour.

Pour être un personnage de fiction dans la vie et une héroïne dans des textes, il faut le vrai grimoire avec le bon rituel. Sinon le Je ne peut supporter la pression, fissures pleine majuscule, implosion de l'ego, équarrissage du Moi. Chloé Delaume c'est quoi, un geste performatif, dire c'est faire et l'écrire verrouille le processus. Identité, nature : nouvelles. Ainsi se posent les règles de la transmutation.

Isabelle Bordelin dite Silence Majuscule. Parfois je l'imagine seule devant son écran, répétant Je m'appelle, je m'appelle c'est mon tour. Elle sépare chaque syllabe, celles que j'ai inventées, oui moi-même inventées pour me rebaptiser il y a plus de douze ans. Sa voix est si tranchante, mon nom hors de sa bouche n'est plus qu'horrible mélange de chimio nénuphars d'autels de magie noire de fange, mes morts violés. Elle dit : Par le Verbe je le suis car je l'ai prononcé. Elle ajoute : par ce texte je l'incarne, je vais la remplacer. Le désir qui anime Isabelle Bordelin, quand je le visualise, mon sang se givre toujours.

Quoi qu'en disent ma psychiatre, mes proches, mon chat siamois, je ne peux qu'être responsable. Oui, je suis responsable. Non pas de la mort d'Isabelle Bordelin, mais du suicide de son Je. Un Je qui tentait de s'écrire au sein de ma fiction propre ; ma fiction l'a rejetée ; son Je s'est cogné au réel. Chloé Delaume en fait c'est quoi identification objet transfert surface je dis surface légèrement incurvée, canalise les pulsions illusions une écluse ; noyée. Je me suis séparée de l'Œil du Tigre. Je ne sais pas contrôler la réflexion des énergies négatives vers leur émetteur.

Le *Petit Robert* dit : *Responsabilité, obligation de réparer une faute*. Le *Petit Robert* ajoute : *Faute, le fait de manquer, d'être en moins*.

Être en moins, c'est ma faute. Là gît le vrai reproche qui dans le crâne vrombit, par grappes noires se développe, essaim mouches carnivores ; ce sont les Érinyes, les déesses du remords. *Être en moins*, c'est la cause. J'ai déserté mon corps il y a des années, je ne suis même pas certaine de l'avoir habité concrètement un jour. J'ai souvent l'impression de flotter juste au-dessus, comme si je n'étais rien qu'une toute petite conscience rattachée par un fil à son système optique. J'ignorais que la vacance pouvait être visible pour une âme extérieure. J'ignorais que ça pouvait avoir des conséquences pour quiconque autre que moi, cet espace organique que je ne sais occuper. Un vide intime, vraiment intime, même pas privé. Quoique. La question qui sous-tend les trois quarts de mes livres reste quand même un qui suis-je exploré sans harnais. Un qui suis-je, n'est-ce pas, qui suis-je. Peut-être bien une femme avec personne dedans.

Elle s'avance parmi nous, elle, Silence Majuscule. Vue du Ciel c'est un ange, vue d'ici peut-être plus. Robe de lin pur, éblouissante, la taille ceinturée d'or, main droite tendue vers moi. Je ne suis qu'une vivante qui lui remet la coupe remplie de sa colère, une colère brune, épaisse, qui pourrait lui survivre pour les siècles et les siècles.

À l'orée du récit, droite et fière elle se tient, embrasure du chapitre, sa bouche lentement s'entrouvre et sept trompettes claironnent. Le temps semble venu car l'horloge se consume, le cadran est en flammes, les heures se changent en cendres où il faut retrouver, encore rouges, les aiguilles.

Parole d'ange, plein juillet. Elle ne dit pas oublie, encore moins oublie-moi. Je suis morte de n'avoir su m'inscrire dans la vie, pas plus que dans la fiction que j'avais convoitée : tout cela, elle le tait. Elle me montre du doigt, index gauche pointé sur le clavier de mon pc, l'écran change de couleur, une zébrure arc-en-ciel. La coupe s'emplit de fumée blanche, du nuageux au plafonnier. *Écris donc ce que tu as vu, ce qui est, et ce qui doit arriver ensuite.* Alors je m'exécute, et endosse aussitôt le rôle de l'héroïne.

Parole d'ogre, plein juillet. Cette fois je contrôlerai, ce sera chacun son tour. Que mon corps se repeuple, que viennent à moi, épars, les fragments de ce Moi qui refusent de se fixer au creux de l'habitacle. Mais que ce soit discret, voilà ce que je négocie, ce qui semble outrager l'ange au plus haut degré, la coupe manque de chuter, le courroux crispe sec et c'est l'œil révulsé qu'elle répète à nouveau *Écris donc ce que tu as vu, ce qui est, et ce qui doit arriver ensuite.*

Je m'appelle Chloé Delaume. Je suis un personnage de fiction. Livre et vie s'entremêlent, mon Moi en trois parcelles, auteur, narratrice, héroïne. Je suis d'une trinité forcée de s'incarner, sous peine d'être expulsée par n'importe quel autrui. À cet instant j'affirme : j'écris ce que j'ai vu, ce qui est, ce qui doit arriver ensuite. J'écris et je m'écris, car je suis l'héroïne. Ainsi sera le pacte qui me lie avec l'ange tout autant qu'avec vous.

Saison 10 en Enfer, un bûcher de bois vert, quelle âme, une confusion. Il est temps à présent d'observer l'héroïne. Silhouette plus qu'alourdie depuis le dernier épisode, une quinzaine de kilos. Cheveux noirs, pupille fixe. Gros plan. Épiderme tendu, comédons mais absence de rides. Est-elle jolie, je n'en sais rien, d'ailleurs ça n'a pas d'importance. Corps reflet apparence, non, aucune incidence, la chair même se dissout dans la littérature. Et cela dès son contact. La pulpe qui s'enfonce dans les touches du clavier, une volupté superficielle. Ce qui est, ce n'est plus qu'elle ; lancement du générique.

Chapitre 2

La lie mode d'emploi

Dans la tour, elle est seule, ainsi qu'elle l'a souhaité. Nul besoin de souffler son quota de bougies pour qu'un vœu se réalise : il suffit d'une pleine lune de non-anniversaire et d'un peu de volonté, c'est à la portée de tous. Égorger trois poulets et quatre nourrissons au milieu d'un pentacle, c'est juste pour le folklore. Le sang qui souille ses mains exhibe à chaque globule sa provenance familière. Un sang de lune, d'un rubis clair, le sang d'un innocent, le sang d'un homme heureux, le sang d'un preux : le sang d'Igor.

Elle n'avait pas le choix, il fallait opérer, après six ans, oui, opérer, le Nous la dévorait, son Je s'affadissait, elle se perdait de vue, dilution dans l'eau tiède. Ce qu'elle éprouvait pour lui, ce n'était plus de l'amour, c'était de la tendresse teintée de lassitude. Elle sentait la rancœur pousser en métastase à la moindre remarque, or elles étaient légion. Elle avait essayé, vraiment, tout essayé. Cécité y compris. Reporter le moment où la porte franchie elle actait désormais non, plus la moindre chance. Elle savait qu'en partant elle lui arracherait le cœur.

Le costume de bourreau se porte sans épaulettes ; l'uniforme, quel qu'il soit, lui va très mal au teint.

En tailleur elle suffoque, au-dedans ça serre tant, à croire que son thorax se replie sur lui-même. La pression est rythmique, la douleur l'assourdit, elle a la sensation d'assister impuissante à sa propre expulsion. Juillet charrie l'Épreuve, c'est une nuit d'agonie, ici est le vivarium et voici l'héroïne. Je suis la narratrice, ainsi que le veut l'auteur.

Dans la tour, elle est seule, ainsi qu'elle l'a forgé. Avec application, au marteau, en sorcière. Un texte lu à haute voix, réflexion, processus, le tout enregistré, une trace, un film, portrait documentaire, la caméra braquée sur son apostasie. Apostasie, du grec *apostasis*, *se tenir loin de*, attitude d'une personne qui renonce publiquement à une doctrine ou une religion. Un travail d'abandon orné de reniement. Elle a congédié Dieu. À présent elle découvre ce qu'est l'humain sans prière. Elle doit s'y confronter, pleinement, car c'est son choix.

Domicile conjugal, foi, vie chrétienne. Marie-Madeleine elle-même a été pardonnée ; la Bible ne comportait nul verset relatif aux prises de stupéfiants. Fidèle à son mari, elle priait Dieu sans cesse et elle donnait aux pauvres. Parfois elle redoutait d'être en péché mortel lorsqu'elle était en proie aux crises de boulimie. Aussi s'appliquait-elle à réciter le *Pater* lorsqu'elle régurgitait. Elle se considérait comme une vraie catholique. Jusqu'à l'arrivée de Benoît XVI. Là, elle s'est dite croyante.

Conditionnée, sûrement, mais attachée, aussi. La puissance des rituels, la symbolique des lieux. Saint Ambroise sainte Rita des cierges des messes des cierges. Des confessions, une fois par an, hygiène mentale. Constater que les prêtres à l'instar des psychiatres font toujours la même tête quand on avoue vraiment. Avaler des couleuvres et trouver au Tercian un arrière-goût d'hostie. Les antipsychotiques atteignent 15 mg, les capteurs de sérotonine le double : un veau d'or se dessine aux neurotransmetteurs. *Les asiles d'aliénés sont des réceptacles de magie noire conscients et prémédités.*

Alors, maintenant, ici. Droit canon, article 1364 : « L'apostat de la foi, l'hérétique ou le schismatique encourent une excommunication *latae sententiae*. » *Latae sententiae*, ça signifie *tout de suite*. Cela fait donc six mois que son âme est damnée. Lorsqu'elle a renié Dieu elle a renié la fable, plus aucune prise, non, plus de chantage, elle ne redoute plus les tourments de l'Enfer. Mais le fait est que parfois ça la perturbe un peu, l'idée de l'Apocalypse.

Domicile conjugal, foi, vie énième. Modelée à l'argile hétéro-normatif depuis la fuite première du foyer familial. Pour tout socle, le couple, l'épanouissement suivra. Jamais remis en cause le programme s'imposait en dépit de ses bugs qui heurtaient, récurrents, l'encodage de ses jours. Elle s'acharnait bravement à changer de partenaire, les aventures à caractère sexuel duraient trois mois, les tentatives avortées pour cause de lucidité un an et demi, les histoires d'amour plus de cinq ans. Rester au-delà de six avec constance lui était impossible. C'est tout du moins ce que lui indiquait cette nuit le bilan. Certains jeux vidéo imposent Construire, Acheter et Vivre. Accéder au Bonheur™ est le but de la partie. Une fois qu'il est atteint, il va de soi que le joueur s'ennuie. Alors. *Same player shoots again*, à ceci près que différemment. Cette fois, tout était différent. Tellement qu'elle en était perdue.

Elle bat les cartes lentement, petit tas, coupe par main gauche, étale, puis tire, repose, cinq cartes, oracle Belline, méthode dite de la Croix. L'Autel à gauche, en haut les Astres, le Chat à droite, en bas la Clef. L'Étoile de la Femme au milieu. L'oracle Belline compte cinquante-trois cartes. Les chances de tirer précisément un arrangement de cinq cartes sont de une sur trois cent quarante-quatre millions trois cent soixante-deux mille deux cents. Cette combinaison, l'Autel à gauche en haut les Astres le Chat à droite en bas la Clef l'Étoile de la Femme au milieu, sa probabilité, c'est comme toucher le quinté dans l'ordre s'il y avait cinquante-trois chevaux.

La méthode de la Croix, oracle Belline, tout d'abord poser une question. Forces favorables à gauche, force majeure en haut, forces opposantes à droite, le résultat en bas, la synthèse au milieu. L'Union, le Changement, la Trahison, la Destinée, la Femme. Comme toucher le quinté dans l'ordre s'il y avait cinquante-trois chevaux.

Des pas dans le couloir, la porte reste close, ils s'éloignent aussitôt. C'est juillet, elle étouffe. Moiteur et solitude engluent jusqu'à ses bronches. Elle aimerait en toussant expulser une grenouille, une rainette maculée chagrin couleur mucus. Que ferait-elle du batracien, c'est une nouvelle question. Un baiser pour quoi faire, embrasse-t-on son chagrin, sous la couronne quels maux s'accordent au petit pois dans *La Belle et la Bête* le miroir ne ment pas. Le crapaud, l'équarrir, puis déguster gros sel. S'intoxiquer pêle-mêle gastrique chakras aura, c'est juillet elle suffoque, l'Épreuve a toujours eu l'haleine du datura.

Salle de bains, à présent. Elle est face au miroir et elle a trente-sept ans. Sur son reflet bombé ses ongles crissent un peu, crudité du néon, porosité des plaies, une écorchée, sa peau s'effrite. Fermer les yeux est impossible, l'émail du lavabo a recueilli ses paupières. Ses orbites démasquées abreuvent les sillons de ses joues douloureuses ; un festin lacrymal châtiment vitriol. Parfois, le pus est vert émeraude. Souvent, le noir s'avère être une couleur. Sous son visage, le vide : elle porte son propre deuil. Elle éternue des cendres et s'évanouit, c'est aussi bien.

Le *Petit Robert* dit : Épreuve, Action d'éprouver quelque chose ou quelqu'un. 1. Souffrance, malheur, danger qui éprouve le courage, la résistance. 2. Ce qui permet de juger la valeur d'une idée, la qualité intellectuelle ou morale d'une œuvre, d'une personne, etc.

Ce qui rend l'attente insoutenable, c'est la nonchalance des aiguilles qui écorchent la peau de qui veut les saisir. L'horloge a le sourire étrange, un couteau japonais a fendu son cadran, le présent soudain échappe et chaque minute se cabre, un temps qui se subit ne peut guère enchanter. Elle s'imagine demain, elle se projette si fort que ses rêves éclaboussent murs immaculés pièce, une ombre se dessine et elle est bicéphale. Du moins me semble-t-il.

Qui regarde et qui souffre, je ne sais plus vraiment. Amorce dissociation pour supporter l'Épreuve, se cogner au réel engendre des ecchymoses, déserter le corporel distance encore toujours distance je dis distance. Ici c'est un vortex, ce qui rend inefficace tout instinct de survie.

Ployer, je m'y refuse parce que rien n'est fortuit. Ne pas croire au hasard, c'est tout ce qu'il me reste. Aujourd'hui je suis seule, certes, mais j'attends quelqu'un. Qui s'il pénètre ici scellera sans qu'il y ait pacte mon sort métamorphose. Je suis en transition, par quels fils suspendue, certains sont narratifs, qui ne dit mot consent, l'histoire peut coudre ma bouche, rien ne serait rapporté. Se taire c'est nier l'Épreuve, sa violence et l'aigu de sa réalité. Alors. Être une parole. Parmi la multitude de ces voix asphyxiées.

Il y a une héroïne, c'est moi, et elle attend. Un second personnage. L'Autel les Astres le Chat la Clef, l'Étoile de la Femme au milieu. Que cette situation advienne, une chance sur combien de millions, autre question, encore une autre. Que leurs initiales soient les mêmes, ça par contre, ça peut se calculer. Ça fait 0,14 %.

Chapitre 3

Sorcière, mon cœur

Dans la tour, je suis seule. Je suis seule, moi, l'auteur, qui consigne en ce livre plus que la vérité. J'écris ce qu'il se passe et cette nuit impure figure dans le contrat, j'écris ce qu'il s'y passe, l'ange à moi ne vient pas, personne ne vient, d'ailleurs. Ni dehors, ni dedans. Une fine membrane, nervures, crochet, dentelles, quelques rubans se forment, un nœud palpite ; vécu abandonnique, fibres incrustées réminiscences, les ressorts de la régression. Je m'enfonce au divan, une enfant laissée seule, toujours seule. L'ennui. L'ennui, le vide. L'angoisse qui creuse, les os troués, l'attente attire les morts vivants.

Je ne possède plus rien, j'ai tout abandonné jusqu'au dernier joker. Même ma pulsion de mort je ne peux la revêtir, je m'en suis dépouillée il y a bien des années, une promesse à moi-même, à soi on tient parole. Pourtant j'hésite à me trahir, un court instant, l'option me tente. Mais il est des épreuves auxquelles il est impossible d'échapper. Les fenêtres refusent de s'ouvrir, ma trousse à pharmacie ne recèle aucune ressource : on ne se suicide pas aux antipsychotiques, on se sent juste un peu bizarre une semaine après l'ingestion. Démunie, je le suis, comme jamais cela n'eut lieu. Pourquoi comment me suis-je retrouvée en l'horreur de cette profonde nuit, revient ritournelle la question.

Les jauges stabilisées, un confort optimum, une existence comblée à en perdre le désir. Selon les règles du jeu, le but atteint, heureuse, heureuse et accomplie. Je savais qui j'étais, le personnage me convenait, ses contours s'étaient épaissis, son timbre était plus grave, ses mouvements alourdis, j'étais devenue une femme à moitié libanaise qui fumait deux paquets par jour. Mariée, deux chats, une adresse fixe. Une psychiatre compétente, des amis, un réseau social, et même le numéro de portable de Nicola Sirkis.

Parfois, je reprenais mon livre de vie, premiers chapitres : habiter cet asile paraissait improbable, compte tenu du début de l'intrigue. J'étais vivante, heureuse. C'était la fin du conte, mariée, deux chats. *Ils vécurent heureux* à ceci près merci mais gardez-vous les gnomes. *Ils vécurent heureux et eurent beaucoup d'enfants*, moi, ça m'a toujours terriblement angoissée. Ces deux propositions me parurent oxymoriques dès l'orée de mes cinq ans. Et puis. Après avoir vécu de telles aventures, il semblait évident que le Bonheur™ ne pouvait éternellement satisfaire le héros, qui aurait tôt fait de s'emmerder. Mais bon. En attendant.

Dans la tour, je suis seule. Auteur, narratrice, héroïne. Maquiller le réel, au fond ça changera quoi. Ci-gît quoi que j'y fasse, je le sais, un roman d'amour. Pourtant j'hésite encore, redoutant les pièges moites d'un genre qui flirte toujours avec le ridicule. Alors je redeviens en cette heure l'héroïne, personnage de fiction esseulée atelier. En tailleur, assise, encore, elle subit les assauts de l'Épreuve qui se poursuit, sa peau en est piquetée, ses pupilles s'équarrissent. Devant elle se déploie bleu et or l'oracle Belline, sept cartes. Au centre deux cœurs l'Amour, elle retourne la dernière puis contemple le tirage. Le Chat est toujours là, bleuté, griffu, hirsute. Le livret dit : *Le Diable. Trahison. Carte forte. La malchance, les complexes, la luxure, la convoitise. À côté des meilleures cartes, minimise gravement les chances de succès.* Le Chat se positionne entre l'Amour et l'Autel. La Clef ouvre le jeu, *La Destinée. Elle donne une importance de premier plan à la carte qu'elle précède immédiatement. Il y aura une décision à prendre.* Suit L'Étoile de la Femme *La consultante ou une influence féminine*, La Lyre *Les plaisirs, par extension l'art*, L'Horoscope *La nativité. Naissance, apparition, éclosion. Début.* Le Livre *Ce qui est intellectuel ; les facultés d'adaptation.* Elle relit à haute voix : la Clef, l'Étoile de la Femme, la Lyre, l'Horoscope, l'Amour, le Chat, l'Autel. Elle s'apprête à recouvrir, quatorze informations combinées au final, une chance sur combien et combien de chevaux. Hors champ, galop. Blanc et si silencieux qu'il prend une majuscule. Son regard, un harpon.

Une vision, c'est le Diable, oui, très probablement. En cet instant fatal c'est ce que pense l'héroïne en constatant l'absence de stimuli externes. Perception sans objet, mais sujet immobile. Face à elle pas un bouc mais créature femelle, immortelle et abrupte comme un rêve de pierre, la beauté baudelairienne a brisé des genoux. Ses iris irradient un désir luxurieux. *La malchance ; les complexes ; la convoitise. Minimise grandement les chances de succès.*

Trompettes, coupe écumante, colonnes de feu. Robe de lin pur, éblouissante, la taille ceinturée d'or, main droite tendue vers moi, index accusateur. L'ange soudain parle. Ses mots ne sont pas les siens, fils aînés de l'Église et du pape Benoît XVI. Sur l'héroïne ils tombent *péché gravement contraire à la chasteté*, *pratique objectivement désordonnée*. Elle les ramasse tout de suite, les foule en répétant vous savez que je l'aime. Mâchoires serrées. Bruxisme. Moi qui suis narratrice omnisciente ici même, je peux vous certifier que tout ceci est juste. Elle l'aime, oui, c'est un fait. *Influence féminine.*

Elle l'aime tellement d'ailleurs qu'elle voudrait l'épouser, elle ne dispose pas d'autres codes, d'autres manifestations, d'autres preuves, elle pense spontanément cérémonie alliances, promesses et engagement. Benoît XVI lui répond *Nouvelle idéologie du mal*, *un obstacle sur la route qui mène vers la paix*. Benoît XVI c'est le pape, il est parole de Dieu. Une épaisse fumée blanche recouvre l'espace clos. Une vision, c'est la fable qui lui ronge la raison.

Serait-elle vraiment seule, serait-elle observée, ça fait partie de l'Épreuve, va-t-elle le supporter.

Les murs de l'atelier reculent, le sol se recouvre de chaux, les meubles se meuvent, taches de couleur. Coin bar, Ménagerie de Verre, elle se retrouve en mars, un an et demi avant. Ça ressemble à une scène de bal sauf que personne ne danse, elle la voit traverser l'espace, elle la remarque *Mannequin dans la vitrine attend tout seul ce soir* la scrute *Mannequin dans la vitrine qui cache ses yeux d'ivoire* mais discrètement.

Un accès de sororité, un désir impérieux de faire sa connaissance, persuadée que quelque part, il y a affinités. Elle n'a pas prêté garde à l'incongruité de son désir, elle qui jamais n'accorde de grâce aux inconnus. Une rencontre suspecte du point de vue de l'impulsion. Ses yeux, ensuite, ses yeux. Aucune mémoire ne flanche, la couleur des sorcières, jade et ambre un iris volé pierres d'autres terres. Son âme à son contact ne pouvait que s'immoler. Dans son crâne un bûcher, le cortex est en cendres. Ça lui fait tellement mal qu'elle oublie d'avoir peur.

Restituer l'ordre ; faits, événements. Lorsqu'elle s'est présentée sa voix était couverte d'un brouhaha compact, « la Clef », oui la Clef, c'est tout ce qu'elle a saisi. *La Destinée. Il y aura une décision à prendre.* La Clef est brune, peau opaline, bouche rose. Elle expose son projet, un film documentaire, le mot sorcière, une discussion. Plus tard la Clef lui avouera : elle a vu son image dans la télévision.

Plus tard la Clef lui confiera : j'ignorais jusqu'au nom dont tu t'es baptisée, de toi je ne savais rien, pourtant j'ai su tout de suite que nous aurions une histoire. Une histoire. Jusqu'à quand. Jusqu'à quand cette nuit ou bien demain matin la porte restera close. La Clef, s'il te plaît, viens à moi.

Je ne peux pas prier alors je me raccroche alors je me rappelle, aussi je me souviens, la corde m'égratigne ça saigne en creux de paume. Le ressenti de ce soir-là, ce soir de rencontre initiale, ce grand corps mince, sa mèche, son ironique audace, notre conversation suspendue par l'époux qui adorablement vient s'enquérir de mon taux de déshydratation, je le présente à la Clef en ne citant que sa fonction, omettant son prénom, je ne précise pas Igor, elle en plaisante, un blanc. Puis. *Alors ça sert à ça, les maris, à aller chercher le Coca Light*. Je réponds oui entre autres, ça crée une connivence d'un registre inédit, modulation de fréquence, émergence d'une anomalie. La cultiver au point d'en faire une plante grimpante *il n'y a pas d'amour, il n'y a que des preuves d'amour*.

Je ne peux pas prier alors je me raccroche alors je me rappelle, aussi je me souviens, par hordes ça me piétine ça saigne à fleur de psaumes. Le tournage du documentaire, lecture de ma lettre d'apostasie. Je renie Dieu le Père pour le jade et pour l'ambre, sans cette idée de la Clef je me serais contentée de cesser tout rituel, toute prière, tout rapport avec la religion chrétienne et son pape criminel. Je me serais arrêtée là, sans chercher à ce que mon nom soit radié du registre lié aux fonts baptismaux. Il fallait à la Clef un acte pour nourrir son documentaire, pour que mon portrait ait un sens qui ne touche pas qu'à la poétique. Face caméra, saint Pierre, le coq c'était bien moi. Depuis j'imaginais qu'aucun lien ne pouvait être supérieur à ça, offrir son âme sur un plateau d'argentique et de sang, caméra feux follets. À présent je l'attends, mon amour jade et ambre, redoutant que déjà elle m'ait reniée trois fois. La douleur est si vive, ma chair si violentée que je ne peux que sortir, loin du cœur loin des yeux je deviens l'héroïne, j'ai moins mal vue d'en haut il est temps de faire le point.

Dans la tour, elle est seule, ainsi qu'elle l'a rêvé. L'Épreuve consiste soudain à affronter le réel. Domicile conjugal, foi, vie chrétienne. Elle allait à la messe même quand elle se prostituait. Elle ne pratiquait plus depuis quelques années, mais ça la rassurait quand même de temps en temps, le pari pascalien. Elle jouait à Dieu y es-tu il n'y a pas si longtemps, à présent elle ne peut s'adresser à quiconque. Igor est tellement loin, il lui semble que l'alliance gît au fond du tiroir depuis non pas un mois mais des siècles d'érosion tant le lien distendu toujours plus s'effiloche.

À quoi ça sert, les maris, à part à aller chercher le Coca Light. Je l'ignore et j'en ai eu deux.

Roland Barthes : « Si l'on supprimait l'œdipe et le mariage, que nous resterait-il à raconter ? »

Chapitre 4

Hératum

Chaque amour est une vie, mon cœur a l'âge d'une reine vampire. Combien d'aimés d'amants chiffrer exactement, je suis de celles qui exigent des serments éternels. Avoir besoin d'un pacte tout autant qu'un contrat, signatures, témoins et rituel. En 1998, nous étions 271 400 dans ce cas. Ça fait beaucoup de jupons, d'or, d'argent, d'Euphytose. De kilos de cœurs, aussi. De kilos de cœurs de femmes, presque soixante-huit tonnes, ça fait beaucoup d'abats palpitants de concert. Tendre et pourtant nerveux, le cœur de la mariée.

En 1998, je ne sais plus le mois mais le soleil plombait, j'ai vingt-cinq ans et quart. Amour gloire et beauté trois mots qui font rêver le roi la robe : j'obtiens. À la question pourquoi, pourquoi je me marie, je ne peux à personne répondre la vérité. L'homme aimé est volage au-delà de l'entendement, le changer en époux c'est plier son réel à l'article 212 *se doivent mutuellement fidélité*, le changer ô chouchou c'est plier sa trique à la loi. À défaut de contrôler ses pulsions par amour il le fera par *respect*, car respect il me doit c'est écrit, c'est le texte, l'article 212 s'intègre à nos chapitres, désormais une contrainte exercice stylistique et narration commune. Je crois à la puissance de l'acte performatif autant qu'à celle du Verbe. Je pense que s'il dit oui, il s'engage et accepte et ne pourra trahir. Rapport à la parole. Alors, évidemment.

En 1998, j'ai à peine pu choisir ma robe, ma belle-mère me l'offrait. Mais ce n'était pas grave, coupe XVIIIe parfaite, un satin un peu lourd, ivoire poudré rosé, reflets très légers en vert d'eau, motifs brodés d'un fil virant à l'opalin. Corset, face au miroir, lacets, Annabelle ma témoin. Je lui dis : Je fais une connerie. Elle rassure : Même ma mère a dit ça, pourtant ça fait trente ans comme quoi ça ne veut rien dire. J'hésite à lui répondre mais lui c'est pas ton père. Les mots restent prisonniers au profond de ma gorge. Bien sûr, l'époux H – 3 n'a pas le profil du père d'Annabelle. Ni stable, ni rassurant. Et à propos de père : *Quand même, qu'est-ce que vous avez toutes à épouser des Arabes* s'écria et s'écrie dans mon crâne ma grand-mère depuis ces derniers mois et surtout ce matin.

En 1998, il est dix heures sur le perron, je suis dos à la porte, face à moi ils sont là, une trentaine d'invités. Aucun d'eux ne réagit quand la belle-mère claironne exhibant un monsieur que je ne connais pas *J'ai trouvé le père de la mariée*. L'époux Min – 30 ne sourcille pas non plus lorsqu'elle me l'accroche au bras. Nous sommes dans un village, la maison de famille en bas de la colline, la mairie au sommet, hauteurs et traversée. Le géniteur de l'époux m'aurait très bien convenu, mais peut-être qu'aux fenêtres il eût été reconnu, crainte du qu'en-dira-t-on, l'orpheline défigure le majestueux cortège de son amputation, tout doit être non pas parfait mais surtout, oh oui, surtout : normal.

Je ne gravis pas la pente de façon solennelle, je bousille mes escarpins, essouffle ma témoin, bras droit l'homme inconnu brûlure vive épiderme. Toute la cérémonie ne sera que dépossession. Chloé ne sera pas nommée, car hors état civil. Je marierai mon corps et son appellation registre de naissance, certainement pas moi. Née de deux décédés, l'employé le précise. Toute la cérémonie mes larmes coulent à foison. Mais juste à l'intérieur. Une grande poche d'eau salée qui se videra ensuite, très discrètement, entre les quatre murs des toilettes du restaurant. À table, un des convives demandera lors d'un silence *Chloé au fait ils sont où tes parents je les ai toujours pas vus*. Il existe des photos qui retracent l'après-midi et des bribes de la fête donnée dans la soirée. Il existe des photos. Moi, je n'ai aucun souvenir.

En 1998, la nuit, le tube de Lexomil. Pour oublier l'erreur et pour marquer le coup. Oui, c'était agressif. Qu'ils se rendent compte, les trente, l'époux, la belle-famille, du mal qu'ils avaient fait. À préserver leurs codes, leurs normes, leurs projections. Le mari ivre mort qui à six heures du mat débarque dans la chambre *Tu vas arrêter de nous faire chier avec tes problèmes de petite-bourgeoise*. Et qui ajoute, avant de s'écrouler *Je suis le seul mec ici à jamais avoir levé la main sur une femme ça va changer*. Un tube de Lexomil c'est trois jours de coma et une semaine de vide. C'est le prix à payer. Le médecin n'a pas été appelé, puisque *un tube pour elle c'est rien.*

J'aimerais tant aujourd'hui m'épargner le ressenti de mes vingt-cinq ans et quart. Une solitude si dense que je m'étonne parfois qu'elle ne m'ait pas dévorée. Ses crocs encore s'enfoncent, mais ma chair s'est faite cuir, je ne la redoute plus ; j'ai su l'apprivoiser. Et puis, surtout. Je sais fuir désormais les pervers narcissiques.

Chaque amour est une vie, mon cœur à cet âge vécut le pire. L'archétype passionnel, destruction argentique, à chaque cliché se dire je souffre donc je suis femme, comme si mon agonie était pré-programmée, inscrite, inéluctable, génétiquement ancrée. Schéma si ancestral qu'il ne peut être remis en cause. Mariage et adultère, bobonne sur la civière, la jalousie qui rampe, envahit crescendo. L'ineffable contrat à l'unilatéral, justifié par rayer la mention inutile. Discours intellectuel, positions politiques, choix de vie. Où seul l'homme jouit toujours et si possible ailleurs, tandis que la femme n'éprouve aucunement le besoin de se frotter à d'autres. Un seul corps lui suffit, elle l'a choisi, s'y tient, le voudrait pour elle seule. Il lui revient vicié, ses pulsions assouvies, la queue encore humide sécrétions étrangères. Du sexe turgescent une vision putréfiée. Et puis. Alfred Jarry encore, Alfred Jarry surtout. *L'amour est un acte sans importance puisqu'on peut le refaire indéfiniment.* Qu'importe donc le con, c'est là que le bât blesse. Rien de surprenant à ce que certaines dégainent les ciseaux en retour.

Combien d'années passées à gémir, m'épancher, hurler mon désespoir, les tympans de mes amies devaient s'en fissurer. Combien d'années passées sans pour autant remettre en cause non pas seulement ma relation, la pathologie du conjoint, mon rapport à mon propre ego. Mais son modèle, sa norme, le versant qu'elle incarnait. Un cas typique, rapport homme/femme, couple hétérosexuel exemple numéro 1.

En 2001, j'ai divorcé. Pas parce que les limites avaient étaient franchies, il n'y en avait pas, non, jamais vraiment eu. Le fait est que j'étais devenue un déchet, le corps strié de stigmates, la psychose galopante, l'âme damnée à renfort de sombres rituels vengeurs. Ce n'est pas pour ça non plus. Réaliser que deux ans durant mes revenus de prostituée avaient soutenu le ménage, les frais perso de monsieur, ses billets pour Paris, le champagne pour ses maîtresses, n'est pas entré en ligne de compte. J'ai cassé le contrat, à mon tour rompu le pacte. Or moi, j'ai une parole. La violence n'était que morale, la solitude était physique, la douleur toujours permanente. Alors j'ai eu une autre histoire. De quelques mois, sans importance. Sans importance quant à l'amour, mais prégnante au niveau moral. Ainsi j'ai trahi à mon tour. Le pacte n'avait plus aucun sens à présent que moi-même je le bafouais.

En 2001, mon divorce était à l'amiable. Mais d'un point de vue légal, les torts étaient pour moi. Abandon du domicile conjugal. Abandon. D'un modèle hétérosexuel, une première démission. Je ne renonçais pas encore. Au contraire, je poursuivais ma quête du charmant couillidé en vue de la vraie union amour gloire et beauté trois mots qui font rêver, retour. Comme quoi, décidément, des fois, je suis d'un têtu.

Chapitre 5

Le Diable, bon Dieu

Dans la tour elle est seule, elle qui se revendique comme étant l'héroïne. Sa sueur se fait de cire au contact du sol, l'emplacement se dessine, cloques ivoire, semainiers. Juillet scelle son épreuve, la lune s'est déchirée. Elle accepte le supplice de la roue d'infortune, elle accepte, c'est l'heure, son corps importe peu, la pesée n'est pas sienne. L'écarquillement tiraille, paupières crucifixion, trois larmes, des tubéreuses.

Écris donc ce que tu as vu, ce qui est, et ce qui doit arriver ensuite.

Les mots se forment s'alignent, ruban. Fines et souples les phrases s'enroulent en creux de crâne, application certaine à préserver la soie autant que les motifs. Une église et des cierges et une combinaison. D'abord un *Notre Père*, ouvrir ainsi le champ de la communication. S'adresser à Marie, la saluer par sept fois, clore le rituel à l'instar de son introduction. Un prince russe elle formule un prince russe. À la sainte Trinité Amour Gloire et Beauté, réclame. Égrainer le chapelet en rappelant au Seigneur et à la Glorieuse Dame ce qu'ils lui ont fait subir depuis sa venue au monde. Dieu vous aime plus que moi, lui avait dit un jour une bigote à la vie gonflée de privilèges. Elle avait répondu croyez-vous qu'on efface les traces de cervelles avec l'amour de Dieu. Les coups, oui, pourquoi pas. Les abats, ça j'en doute. D'autant que c'est à l'homme qu'on doit le détachant.

Les volutes encensoirs l'enveloppent en nuées, les murs sont des gravats, les anges font leur entrée, sur leur arche l'alliance, sa robe est en tulle rouge, autel républicain elle dit oui à Igor. Elle fait partie d'un couple, c'est la base du Bonheur™. Elle explore le plateau qui se forme au sommet après avoir gravi son versant nuageux. Le coton est partout, pommier, nul ovipare. Ses chevilles sont fragiles, la longue marche l'épuise, le coton le redoux elle suffoque hydrophile, jusqu'aux bronches encombrée par la barbe à papa. Une falaise. Oui, elle saute.

Le second malheur est passé. Voici, le troisième malheur vient bientôt.

Des trompettes, à présent. À travers tout l'immeuble, résonance épanouie, des lézardes aux plafonds. Écartèlement parois, derrière la peinture blanche de la terre noire et grasse, elle ne disparaît pas, se déverse aux fenêtres, monticules à ses pieds. Enrubannée, elle tremble au milieu de la pièce. Vers paresseux, panne mécanique, état d'urgence. Elle ne manque pas de métier mais hésite à tisser si c'est vrai c'est le cauchemar parfaitement éveillé, or. Si l'on part du principe que saint Jean a raison. Pourquoi pas, après tout. Là, l'immeuble s'effondre, elle s'accroche au tonnerre. Si le Dieu catholique existe pour de bon et qu'à force d'être *proche*, et qu'à force de *bientôt* ça y est, ce soit la Fin des Temps. Observation du texte qui défile plein écran, le *Petit Robert* s'évide pour accrocher au ciel les surtitres assortis aux larsens vif-argent délestés par le vent, sa couverture prend feu au sacrifice du Z.

Le jugement des sept sceaux, séduction guerres famines mort martyrs catastrophes exhaussement des prières, sept trompettes. Jugement des sept trompettes, 1. Grêle, feu et sang ; un tiers de la terre est brûlé. 2. Un tiers de la mer en sang. 3. Un tiers des sources devient amer. 4. Assombrissement du soleil, de la lune et des étoiles à un tiers. 5. Pentecôte infernale. 6. Mobilisation de deux cent millions d'hommes ; un tiers de l'humanité meurt. Jugement des sept coupes : ulcères malins, mer en sang, sources empoisonnées, chaleur extrême, Babylone frappée, Euphrate tari, séisme universel. Jugement de Babylone, bataille d'Armageddon, et, s'il a vu juste, la victoire de Jésus.

Elle craint qu'il ait omis, ce saint Jean si précis, de livrer le mode d'emploi avec la prophétie. L'Apocalypse n'est pas un événement visible, parce qu'elle frappe individuellement. Aussi, elle pense : je vais mourir. D'une mort particulière, aux souffrances infinies, tenaillée de remords voraces et insatiables, aux apostats s'inflige le pire des châtiments.

Écris donc ce que tu as vu, ce qui est, et ce qui doit arriver ensuite.

La pièce redevient terne, ses parois se referment, rectangle moite et pesant, une pression à l'enveloppe. Elle respire, bruyamment. Dans la boîte mille insectes, mais son cœur est vivant. Qu'en est-il de tout le reste ?

TERCIAN 25 mg : comprimé sécable (bleu) ; boîte de 30.
Liste I – Remboursable à 65 % – Prix : 7,28 €.

Je répète TERCIAN 25 mg comprimé sécable (bleu) mais l'ange se fait nombreux dans la chaleur extrême. Mon ventre se boursoufle, cloques mordorées et mauves, veinures brunes palpitantes. Un à un les abcès se crèvent pour expulser des faces dénaturées, vacance globes oculaires, mâchoires hypertrophiées, narines trouées pleine peau. Des stries aiguës et blêmes, une clameur lancinante, le chœur se forme, s'impose, rictus et contorsions, avidité des cris, encerclement fatal, leurs mots une grêle, syntaxe de plomb.

Nous sommes sorties de toi, tu nous as engendrées, il est l'heure d'assumer, nous sommes les conséquences de ton Je répandu. Nous sommes celles qui arrivent, la chair de ta psychose car nous prenons modèle, par ta bouche ton syndrome s'inscrit aux corps golems, nous sommes vide et ennui, de toi nous nous gorgeons. Nous t'appelons maman car ce mot te dégoûte. Nous t'appellerons souvent, nous sommes une part de toi. L'incarnation maudite de ta libre parole, le suicide est un droit, je n'appartiens qu'à moi, chacun doit faire des choix, la seule chose interdite reste la complaisance. Regarde-nous, Chloé, matrice chromosome 3 tu es femelle maîtresse impulsion primitive ; tricot de tes entrailles et filles de ta fiction, reproduction fidèle de tes moindres pulsions, contemple ton ouvrage. L'auteur peut nous renier, la narratrice gérer, il nous restera toujours le corps de l'héroïne. L'héroïne, Chloé, l'héroïne, celle qui permet le transfert, l'identification. Tu n'écris pas d'histoires, tu ne racontes pas des faits et événements fictifs, tu n'imagines rien, tu affirmes que seule compte l'expérience esthétique. Et pourtant l'héroïne, oui Chloé, l'héroïne, malgré toi tu sais bien que nous l'investissons. Tu es vide, toi aussi, si vide, logement vacant, le lecteur s'y installe, Chloé Delaume c'est lui, transmettre un ressenti exige de l'empathie aux berges récepteur, il faut cesser de le nier. L'auteur peut répudier, la narratrice dissoudre, mais l'héroïne, quel verbe, que peut-elle conjuguer, elle nous enfantera car nous sommes sa douleur.

Je répète TERCIAN 25 mg comprimé sécable (bleu) et l'ange se fait poreux, le chœur enfin se disloque, le cercle s'évapore, quelques traces au plancher, du sang, beaucoup de morve. Peut-être même du placenta. Nettoyage requis en grandes eaux, Javel, versant abrasif de l'éponge. Au sol des traces distinctes rongent le lino, tracés des silhouettes à la craie. Garder une preuve, hésitations.

Céphalée et fatigue. Crocs migraineux pleines tempes, échouée à fleur de flanc, ainsi s'achèvent pour elle les deux premières des heures qui martèleront l'Épreuve jusqu'à son dénouement. Le personnage se lasse soudain, l'héroïne se relève et du plat de sa main vivement lisse robe, cheveux. Elle exige de ne plus être la victime un instant. Elle traverse la pièce, se dirige vers le lit, s'étend très lentement, vertèbre après vertèbre. Elle ne s'inquiète plus que d'un songe devant la visiter. Un songe particulier, où il doit être question de méthode et d'outils, éprouver à l'âme nue ne doit pas se reproduire. *Écris donc ce que tu as vu, ce qui est, et ce qui doit arriver ensuite.*

Elle ne dort pas, elle rêve. Enregistre ce faisant données scénaristiques relatives à former la séquence à venir. Puisque décidément elle ne fera qu'attendre jusqu'à ce que la porte s'ouvre, puisqu'elle ne maîtrise pas le point de basculement, autant se rendre utile. Mentalement le bloc-notes est prêt à être bafoué, elle se dresse, à présent, ouverte au palimpseste. Face à elle se trouve l'ange, il pleure comme une statue. La pièce se modifie, irradiée, pyromane, parfaite en ses dorures. Au plafond les pigments s'écoulent en déchirure, les larmes de l'ange ruissellent emportant les échos imprégnés au lino. Elle écrit ce qu'elle voit. *Au-dessus de sa tête était l'arc-en-ciel, et son visage était comme le soleil, et ses pieds comme des colonnes de feu.* Est-ce Silence Majuscule possédée par plus haut, plus puissant, autres ailes. Est-ce mineur ou majeur, fonction annonciation, les plumes s'agitent, pivot, l'ange grandit et grandit, recule flottant au bout de la pièce. L'héroïne lui sourit. Il ressemble à ceux qu'elle priait en ce temps où elle quémandait aux cieux son prince russe, il détenait un savoir qu'il fallait partager. Vraiment, se rendre utile. Transmettre un ressenti autant que des données. Elle s'écartèle au songe, s'offre, s'investit, s'implique. Prend sa mission très au sérieux.

J'allai vers l'ange, en lui disant de me donner le petit livre. Et il me dit : Prends-le, et avale-le ; il sera amer à tes entrailles, mais dans ta bouche il sera doux comme du miel.

Alors elle s'avança et avala le livre. Elle le digéra mal, si mal qu'elle le recracha au chapitre suivant.

Chapitre 6

Le manuscrit de la mère morte

Analyse émétique

Premier résidu
Où Ève vient en aide à ses filles encore non-encouplées

Qu'importera la bouche qui viendra déverser
Ma parole jusqu'aux couches de mes filles affolées
De n'avoir à trente ans commencé à construire
Les fondements du schéma qui leur tient lieu d'avenir
Lisez car je suis Ève, la toute première des femmes
C'est à moi que l'on doit ce goût certain du drame
Le maniement parfait de la brosse à reluire
Le don d'accommoder n'importe quelle pomme à cuire
Je m'adresse à toutes celles qui sont désespérées
D'être toujours victimes de la loi du marché

Vous qui cherchez l'amour ne ramenez au matin
Qu'authentiques cas sociaux qui vous laissent en chien
Après avoir été vous chercher les croissants
Ou vous avoir refilé un herpès peu courant
En terre de solitude, excédée par l'exil
Vos dimanches soir s'achèvent en vodka-Lexomil
Ces conseils seront précieux pour celles qui à présent

Veulent faire cesser la loose du sentimentalement
Un affreux célibat qui jusqu'à leur famille
Engendre les suspicions relatives à toute vieille fille
Vous n'avez de la survie, c'est un fait, pas l'instinct
Sans moi tous vos hier se répéteront demain

Je vous connais, enfants, vous êtes dignes de moi
Et je veux réparer l'infortune qui foudroie
Par mes péchés hantant vos globules héritiers
Votre chair étiquetée solo dans les dîners
La toute dernière personne qui vous a dit je t'aime
C'était votre grand-mère décédée cette semaine
Alors vous retournez chaque donnée en mémoire
L'échec dévore toujours, toxiques et brassard noir
Serait-il donc possible de détecter sans peine
Les profils véreux, porteurs de maux en chaîne
Vous voulez un homme bien qui vous lustre l'ego
Acheter un F3 et avoir un marmot
Depuis que vous êtes seule l'horloge vous menace
Parfois vous nostalgez sur l'ère de l'ex, tenace
Est votre aspiration à désirer être reine
Parfois vous oubliez que ce ténia vorace
Vous doit huit cents euros et vous traite de connasse
Sa colère comme la vôtre s'imprimait plus qu'en mots
Combien d'objets projetés à travers les carreaux
Sans compagnon depuis ces années, à la traîne
Seule, si seule, au milieu de tous ces gens qui s'aiment
Et se bavent dans la bouche sous vos yeux chaque soir
Car quoique vous fassiez ils sont deux dans l'histoire
Vous errez dans les fêtes et les soirées à thème
Selon vos propres termes vous vous faites sauter
Faire l'amour nécessite de la complicité

Je suis Ève, vous mes filles, oui, écoutez ma voix
Voici les armes secrètes pour un mari à soi

Deuxième résidu
Où certaines réalisent que s'il se faisait appeler Gugule-la-capsule au collège, c'est peut-être en rapport avec son abduction

Agir méthodiquement est désormais la règle, trop souvent la chasseresse mène n'importe comment son interrogatoire. Quel emploi T'aimes Christophe Honoré T'habites où T'as été au concert de Benjamin Biolay Tu fais quoi comme sport T'as déjà mangé à la cafète du Palais de Tokyo C'est quoi ton identifiant Facebook Tu lis les *Inrocks* T'as déjà été à New York T'as ton permis C'était quoi ton surnom quand t'étais petit T'as un PEL T'as déjà fini un Houellebecq T'as quels rapports avec ta mère Quels projets Tu veux combien d'enfants T'es sûr que tu dois rentrer il est même pas dix heures. Outre la fuite de la proie, ce procédé ne s'avère guère efficace. Les réponses apportées vous renseignent sur votre compatibilité socioculturelle, en rien, ou si peu, sur les travers psychiques de votre interlocuteur. Méfiez-vous des profils trop parfaits sur papier, d'autant que l'homme gonfle le torse aussi bien que le CV. Comment se perçoit-il et que voudrait-il être, là résident les deux choses que vous devez cerner.

Préférez les questions ouvertes, qui permettent une amplitude d'observation. Vérifiez que votre cible est autonome et saine, ne perdez jamais de vue que vous êtes en quête d'un potentiel géniteur. Apprenez à hiérarchiser vos critères de recherche, prenez en compte les menus détails quotidiens ou comportementaux qui sont, pour vous, rédhibitoires. Rien ne peut empêcher un homme de lire le journal aux toilettes ou d'être ami avec ses ex, vous ne le ferez pas arrêter de boire. Le temps ne change pas l'homme : il l'érode. Sachez déceler le vice de forme. Moult donzelles découvrent tardivement le pot aux roses pour en avoir trop mal jaugé le jardinier.

Troisième résidu
Où pour être Cendrillon il faut scruter le vair

Ne focalisez plus votre point de contact visuel là où vous en avez l'habitude. Après l'aspect général, observez immédiatement les souliers de votre interlocuteur. Ils vous en diront plus qu'une longue conversation. C'est à l'aspect des groles qu'une pute se lève ou non quand au bar vient son tour. Les chaussures ne trompent pas : leur modèle à l'instar de leur entretien reste la meilleure des jauges.

Un état de délabrement avancé permet de détecter crevards et dépressifs. Impeccablement cirées mais bon marché : c'est un maniaque. Divinement entretenues et issues de créateur : c'est un dandy coureur ou plus probablement un homosexuel. Évitez les bateaux, sauf si vous êtes vous-même UMP ou fan de Phil Collins. Et n'oubliez jamais qu'en dépit de son règne, la basket est rarement portée par des hommes, mais fort prisée par les garçons.

Quatrième résidu
Où l'on repère l'envahisseur afin de préserver son studio

Vous avez passé une robe neuve et la porte d'un bar, la surface partagée avec ce couillidé fait un mètre carré, la coprésence s'impose : comment vous sentez-vous ? Il ne s'agit pas de savoir si vous êtes troublée, attirée, ça relève du chimique, vous seriez sous MDMA ce serait la même montée, ce n'est pas ça qu'on vous demande. Ce qu'on vous demande, en fait, c'est s'il vous laisse de la place ou pas. En gros, là, son verre, son sac, son portable, son coude, son avant-bras qui mouline, ça occupe très nettement tout l'espace, ou le ratio est correct ? Au même titre qu'il faut fuir les tactiles et ceux qui franchissent la zone intime pour beugler des trucs absolument sans intérêt totalement ivres, l'homme qui s'étale et vous dévore l'espace d'entrée de jeu est à fortement déconseiller, surtout s'il est en baskets. Pour peu que ce soit la période hivernale et que vous ayez bon cœur, s'il a des baskets et un sac à dos, vous êtes foutue.

Cinquième résidu
Où l'on est prié d'observer le flux verbal

Le rapport à la parole, à la langue, au style, est propre à l'émetteur comme au récepteur. Néanmoins. Le temps de parole doit être, non pas équitable, mais juste. Ce qui signifie que vous devez être entendue et écoutée. Si l'homme parle uniquement, quand bien même se raconte-t-il et quand bien même cela vous passionne, mais que décidément bah non c'est impossible d'en placer une, ici un égocentré gît et les ennuis, très chères, ne feront que s'amonceler. Les prostituées savent bien qu'un vice jamais ne s'apaise. Seules les bourgeoises s'acharnent à croire que l'homme est une vertu.

Sixième résidu
Où face à l'addition le couillidé se révèle

Le caboulot va fermer ou le repas est achevé, il est l'heure de régler, ce moment est crucial. Que vos principes vous portent au partage de l'addition est tout à votre honneur, mais n'intervenez pas, non, jamais en premier. Une fois la note posée au milieu de la table, observez ce qui va suivre, ne ratez aucun détail.

Le pingre est à bannir, ce travers n'est pas que vulgaire, il dénote également un profond égoïsme et une sécheresse de cœur dont vous serez la victime. L'avaricieux est fourbe et manipulateur, prêt à tous les mensonges et à toutes les bassesses pour que son portefeuille reste au fond de sa poche. La notion de partage, tout comme celle du don lui donnent des haut-le-cœur, ou bien le tétanise. Il compense son absence de petites attentions, bouquets de roses, cadeaux, week-ends surprises, dîners d'anniversaire, par l'endurance sexuelle : faire jouir ne coûte rien, alors il en profite. Lorsqu'il rompt, il exige de reprendre les objets qu'il a payés, y compris ceux offerts. Il n'est pas rare qu'il les mette en vente sur eBay, ou qu'il les stocke, en vue de sa prochaine conquête. Aussi, ne soyez pas dupe. S'il vous fait le coup du j'ai oublié ma carte bleue, répondez que ce n'est pas un problème mais que vous devez retirer la somme au distributeur. Une fois dehors, rentrez chez vous. S'il se rend aux toilettes au moment de l'addition profitez de son absence pour fuir immédiatement. S'il propose le chacun sa part en détaillant les consommations, coupez court. De même s'il demande une note de frais. Manquerait plus que votre compagnie soit déductible des impôts.

Grumeau
Où dans les vestiges d'un dîner trop huileux surnagent les doutes de l'héroïne

Vous ne voulez pas l'amour, vous voulez le couple tel qu'il vous est vendu. Vous savez, au fond de vous, tellement au fond que c'est tout noir, un noir givré, vous redoutez de descendre, vous savez là, au fond, que c'est la vérité. Vous voulez ce qu'engendre l'amour dans nos sociétés contemporaines : le couple. Vous voulez qu'il se passe quelque chose dans votre vie. Vous voulez que ça aille vite. Vous le rencontrez. Vous vous aimez. Vous vous installez. Vous êtes en couple. Vous n'êtes plus célibataire. Vous avez gagné la partie.

Chapitre 7

Chioné, décembre

Un flocon dans la gorge elle marche et elle calcule, elle calcule, l'héroïne, des têtes roulent dans la boue. C'est l'hiver précédent et la neige n'est pas blanche, ses cristaux sont autant de cendres, cœur vidangé et ciel de jais. Survivre nécessite souvent des sacrifices, aussi au creux de son crâne ça tranche et ça soustrait. C'est comme ça qu'elle procède. Par tabula rasa. Elle fonctionne par ruptures, se nourrit des cadavres de ses anciens amis, de ses anciens aimés. Une petite mécanique, un cycle, tous les cinq ans. C'est le temps que met l'ennui à éroder la pulsion de vie. Alors elle part, elle est partie.

Tout était si figé. Parfait et immobile, souffles et rires en plastique, des soirées rassurantes puisque écrites au carbone, duplication rituelle, sensation d'inertie. Aucune stimulation. Proches ou satellitaires, tous étaient les cellules d'un organe superflu menacé de gangrène, appendice boursouflé diabète bons sentiments. Abcès. Le sucre en pus gluant s'infiltrait croisillons fibres tissu social, un réseau frelaté amour joie et bonté : leurs drogues étaient festives. Elle n'éprouvait plus rien, plus rien à leur contact si ce n'est le dégoût propre aux nuits perdues d'avance.

Se dépouiller d'autrui, quitte à en avoir froid. L'air cingle son négatif mais sur ses tempes la sueur est un remède au givre. Une chaleur irradiante, épicentre au plexus ; une torsion dans le ventre, souffle court elle recrache, le flocon a fondu, une goutte, mauvaise trachée. Toux grasse, des glaires, une extraction, ses liens en scolopendres se répandent au bitume, ils verglacent aussitôt.

Elle marche. Elle se regarde marcher. Paris, un quartier populaire, avenue boulevard vitrines, sa toque est en fourrure son cœur se veut de pierre. Elle souhaite : que tous renoncent, renoncent enfin à elle. C'est à ça qu'elle aspire, au plus rien autour d'elle. Elle n'a fait aucun tri et a coché la liste, il ne reste plus personne, tous rayés, jusqu'à Dieu.

Elle s'exige seule et libre. Parfaitement affranchie, évasion validée. Sa conscience et son âme portent encore des stigmates, les chaînes étaient d'un acier dense, maillons pesants, pression impression, un motif. Sous les jougs acérés, des milliers de rosaces, un esprit palimpseste épuisé d'être docile. Elle chuchote : c'est fini, et ses mots s'évaporent en montant vers un ciel dénué de majuscule.

Elle marche. Le corps léger et souple elle fend une populace compacte et affairée, soulagée de bientôt oublier cette avenue, sa misère agréée, ses peaux grises d'être tannées par les humiliations, l'échec, le renoncement. Ici, les caniveaux débordent aspirations espoirs rêves avortés, les vestiges placenta rendent les trottoirs glissants. Longtemps Paris l'a rejetée, la putain déclassée, la tarée asociale, refoulée aux frontières déglutie au bitume pas solvable la crevarde, orpheline sans garant où sont vos fiches de paye. Elle avait tenu bon, sous-locations et squats, studios, deux-pièces divers. L'appartement, enfin. L'appartement d'Igor. Il disait : ton foyer.

Au-dedans, elle aimerait tant le nier mais ça reste impossible, l'angoisse tintinnabule, aiguë et lancinante, irritante, un glas paralytique menaçant de contrer son élan encore frêle bien que si décidé. Les voix s'élèvent, s'incarnent, chacune son rôle ça recommence, elles sont tellement nombreuses chaos et turbulences menace débordements. Les étouffer, elle tente. Opiniâtres elles poursuivent de leurs échos pointus, la crainte en triples croches s'irradie en chants drus, aux tympans des fissures.

Elle reste imperturbable. Elle refoule et recense les symptômes en cortèges, numérote scrupuleuse la moindre exhortation. Elle se veut seule et libre, refuse d'être bridée par sa pathologie. Qu'importe sa psychose, elle sera autonome, sans assistance réelle, sans forme de curatelle, elle est lasse, tellement lasse d'être traitée déficiente. Le fait est qu'en interne la gestion est complexe à cet instant précis. Mais elle a l'habitude, aussi elle sait faire face. Elle est pleine de ressources qu'aucun d'eux ne soupçonne, ni Igor ni les autres, tous les autres même les proches. Surtout les proches, d'ailleurs.

Des Moi monolithiques, pas la moindre scission, des personnalités sans troubles, stables, solides, dans l'incapacité de percevoir les efforts inouïs fournis au quotidien par le psychotique lambda, juste pour apprivoiser et maîtriser ses flux. Elle n'était pas des leurs, ne l'avait jamais été. Elle était étrangère en leur terre normative, restait fidèle au peuple des pyjamas bleus.

Jacques Lacan : *Un sujet normal est essentiellement quelqu'un qui se met dans la position de ne pas prendre au sérieux la plus grande part de son discours intérieur.*

Ces Moi monolithiques souffraient parfois, oui, eux aussi, d'une souffrance différente, différente de la sienne, tellement différente, exotique, qu'elle en observait les rouages sans pouvoir éprouver la moindre once empathique. Elle s'appliquait, pourtant. Tous se confiaient à elle, ses oreilles dévidoir mais son cœur restait sec, parfaitement insensible. Aucun n'avait conscience de la futilité infinie du problème qui n'en était jamais, non, jamais vraiment un. Leurs histoires de blocages, nœuds, répétitions, complexes, ne restaient que des histoires, des fictions parasites qu'ils trouvaient confortables, quelque part rassurantes pour tant s'y affaler. Tant d'indulgence envers soi-même l'écœurait chaque jour davantage.

Quand le hasard amenait à eux un membre des pyjamas bleus, qu'un schizophrène, un psychotique, s'agitait sous leurs yeux, c'était crainte et pitié, ils étaient au théâtre, spectateurs catharsis. En interne, digression. Ils distinguent le cyprès qui masque notre sous-bois, son vert sombre les effraie, déjà les terrorise. S'ils savaient la nature de l'humus qui embaume, s'ils prélevaient la sève qui palpite fleur de tronc, s'ils s'égaraient en nous durant un épisode, l'expérience serait extrême, du déconstructivisme. Reprise.

Sa pensée vocalise insistance fragmentaire, en son crâne c'est deux camps qui bientôt se dessinent, bannière autonomie ; oriflamme demi-tour. Déchirure intérieure, le cervelet en proie aux raids antagonistes, alors elle s'élève seule au milieu des tranchées, appliquant comme toujours ici même sa devise : il n'est pas un problème dénué de solution. Elle recrute ses troupes, alignement, appel. Elle clame : je serai légion. Précise : dénuée d'ivraie. Peur faiblesse et lâcheté sont exclues du programme, réhabilitation jusqu'à l'architecture. Peur faiblesse et lâcheté sentiments insalubres, émanation la plainte, mode autocomplaisance. Or l'autocomplaisance est le terreau des larves.

Seule et libre.
75 % a voté oui.
25 % a voté non.
N.B. : Exterminer un quart de soi dès que l'occasion se présentera.

Elle marche. Le pont au-dessus du canal, une pause, son reflet loin en bas, la surface fissurée et quelques poissons morts. Elle tend l'oreille, aucune sirène.

L'eau est si torve, ça ne l'étonne pas. La glace est épaisse, forme des blocs. Mentalement elle s'allonge, le divan profond comme. Elle associe banquise, dérive, pingouin, iceberg. Elle dit : seule et libre inversion, vient ma part immergée. Elle chante Juliette Gréco et connaît d'inverti l'autre définition. Je saisis, conclut-elle. *L'analyse ne peut rien pour les psychotiques* lui a dit un jour une femme dont c'était le métier. Ses propos rapportés, moult confrères s'indignèrent, mais il était trop tard. *L'analyse ne peut rien pour les psychotiques* : se connaître soi-même restait hors de portée. Seule et donc en roue libre.

Elle poursuit, vive allure, phase 1 disparition. C'est un acte d'importance, alors elle se demande si elle le porte au front. Seulement Paris s'en fout, personne ne la regarde, il fait un froid de chien, les passants sont pressés, moins laids dans ce quartier, boutiques et cafés bigarrés. Elle pense. Encore, elle pense. À lui, à eux. Presque loin maintenant. Pas géographiquement, mais pourtant, déjà, oui, derrière elle. Rupture amorcée. Elle se dégage peu à peu, elle récupère son Je, elle le libère du Nous, du Nous du couple, du Nous de la sphère privée, du Nous du réseau social, elle n'est plus (Je + x), elle n'est plus constitutive d'un ensemble, elle n'est plus soumise au fusionnel, elle n'est plus sommée de construire quelque chose avec, effectuer des projets communs, penser à l'avenir de. Tout lui est possible, elle n'engage plus qu'elle-même. Seule, donc libre.

Plein écran salle obscure fauteuils crantés un harnachement. Ils la verraient, elle, Paris un quartier populaire devantures chatoyantes, gélatine orangée fluidité du panoramique, piquée d'or serait la neige. Les yeux écarquillés par les pinces à paupières, leurs pupilles seraient soumises dilatation aiguë, aveuglées par l'éclat perçant de son soulagement.

Alors. Elle traverse la ville, transforme en hier soir son présent lapidaire, elle ne se promet plus de lendemains enchanteurs, elle provoque, désormais elle provoque. L'inédit, le changement, pleines mains elle déracine, il ne reste plus rien, la voilà neuve et prête, elle sait que chaque pas la rapproche d'un devenir ample, insoupçonné. Elle sait que seul l'Enfer est pavé de certitudes, elle sourit au rond-point sous les marteaux piqueurs.

Elle marche des heures elle marche, elle ne s'essouffle pas, pourtant son corps s'imprègne d'un plomb moite fil du temps, son portable geint, vibrations douloureuses, elle a coupé les ponts avec application, des mails à ses amis, une longue lettre à Igor, tous s'en viennent la cribler cohorte supplications comme autant de supplices qui en paons font la roue. Elle enjambe ruines, vestiges, magmas efflorés par des bouches distordues de douleur. Elle leur fait du mal, elle le sait. Elle fait du mal, elle fait le mal, au-dedans ça bouillonne salé au lacrymal la vapeur la pression pour neutraliser le spleen arracher le couvercle, elle marche.

Le pont des Arts vision banale, une pause, la Seine ne l'appelle pas. Des dizaines de cadenas, traces de vœux d'amoureux, folklore né avant-hier que vont-ils inventer pour charmer les touristes. Geste prompt et discret, le portable dans le fleuve. Elle se dit qu'elle pollue mais que vu le niveau on n'est plus à ça près. Elle sourit à présent. Vraiment seule. Déjà libre. Les passants de la rive gauche encombrés de paquets, un air saisi au vol, un chant de Noël qui tente de la faire vaciller, elle inspire elle résiste, une mobilisation, en elle tout ne fait qu'un. Une seule. Chercher l'hôtel.

Rite de passage, cuivre, porte à tambour.
Jean-Jacques Schuhl dit : *Neutralité de l'hôtel, comme une enveloppe qui se renouvelle chaque jour.*

L'odeur du couloir, de la chambre, elle s'en imprègne lentement, avec application. Pleine conscience du souvenir en cours de formation. Un espace transitoire. Elle prononce à haute voix en articulant bien, nommer c'est dessiner dans le vrai des contours, dire c'est tout conjurer. Un espace transitoire. Investir.

Elle effectue le rituel qui contre la fatigue et le découragement. Puis. À présent, elle hésite. Délivrée pour toujours, plus d'amis ni d'amours, elle les a tous blessés pour que leur plaie gangrène. Une fracture sans retour. Elle jouit et se sent forte, infiniment puissante. Tension aux omoplates, ses ailes enfin repoussent, se déploient, le lustre tangue. Son coccyx se fissure, la chair s'étire, un appendice, une queue. Sa mâchoire la démange.

Vaste étendue des choix, des actions potentielles. Le temps reste suspendu, les vitres redeviennent sable, les tentures s'effilochent elle peut voir à travers. Elle peut tout, que veut-elle. Sonder pulsions, envies, désirs. Des années à contrer le malstrom intérieur, à présent en rafales ça lui sort par les pores. Face à l'avidité elle est prise de vertige, le refoulé galope le long de chaque artère. Elle est d'un sang mauvais, vicié par la violence. Elle éprouve du plaisir à le sentir circuler.

Bain brûlant, elle s'immerge. Quelques images défilent, des visages familiers qu'elle noie sans un remords. Clapotis à la mousse. Les bulles de souvenirs crèvent très délicatement, le carrelage s'assombrit, crasse de la nostalgie, elle frotte énergiquement, les souillures disparaissent. Peignoir.

Son reflet dans la glace valide son existence. Elle scrute ses cernes, ses boursouflures. Elle ne reconnaît plus son minois de jadis où ses errances creusaient en aigu son menton. Face à elle, une masse ronde, empâtée, un désastre. Elle évide ses points noirs espérant qu'en jaillisse la graisse accumulée, les tortillons de sébum giclent à travers la buée, un vœu par comédon. Constellation rougeurs, épiderme ciel ouvert, eau fraîche, des tapotements. Elle ouvre la fenêtre pour que le vent achève la purification.

Cette nuit elle dormira dans un lit inconnu où elle reposera seule dans un silence épais, luxueux. Elle ne rêvera de rien grâce à ses deux Stilnox, son sommeil sera plus blanc que son cœur qui ruisselle. Son âme, fondu au noir.

Quand demain a surgi l'histoire a pris à l'ouest de l'étoile Polaire. La déesse de la neige lui a soufflé des mots aux déliés oubliés, langue morte, haleine fossilisée, arythmie clandestine. Quand l'aube a dévoré le dodu des pommettes, la décision était : je prends le premier train. Un départ, puis, quelle vie. Sept semaines d'errance, une ellipse, un matin. On appelle ça une fugue. En soi majeur s'entend. À ces mots l'héroïne cherche querelle, se rebiffe : elle ne voulait pas ça, une parenthèse seulement, non, elle voulait partir, elle le souhaitait vraiment. Juste, elle n'était pas prête, pas armée au sans lui, si perdue sans Igor, englouti par le Nous son Je se débattait au point de perdre haleine. Elle se résigna donc. Elle en paya le prix.

Le printemps cette année ne charria nulle fonte des glaces. Elle pleurait le soleil au creux de sa cage de givre, les os et l'âme transis, le cortex engourdi, sa colère : une tumeur. Juin vint soumettre sa peine au jugement des derniers, elle comprit que toujours n'est pas irrémédiable pour qui sait le décider. Elle pensa aux possibles, elle pensa à la Clef. Elle usa du solstice pour rompre les barreaux, délivrance au plexus, au seuil trois yeux de triton. Désormais l'atelier sera sa nouvelle maison. Elle y est seule et libre, éloignée de tout Bonheur avec ou sans ™. Et pourtant, elle déguste. Seule et libre, c'est l'Épreuve, reprise je dis reprise : la voilà qui écrit sur son ordinateur.

Chapitre 8
Calliope, mutisme

Ceci est le récit de ma propre Apocalypse.

Chapitre 9

Éden matin midi bonsoir

J'écris tout ce que j'ai vu, ce qui est, ce qui doit arriver ensuite. Je suis seule dans la chambre, les fragments mémoriels se mêlent consignation des murs ornés d'abcès. Un cercle de lumière, sur la scène je m'avance, l'ange ne m'applaudit pas. L'épreuve doit se poursuivre, entre à présent le souffle du savoir sibyllin, le plateau comme la salle transpercés courant d'air.

Le futur est si proche, j'en porte les stigmates. J'ai des trous plein le ventre, des béances étrangères, un peu comme des morsures plus profondes que des gouffres. Des jeunes filles se suicident, dans leur chambre mes livres, leurs mères entrent en contact parce qu'elles cherchent à comprendre. À comprendre pourquoi leur enfant a dit non, fermement, à la vie. J'ai commis un ouvrage sur le refus de vivre. *Éden matin midi et soir*, toutes les cinquante minutes une personne se suicide en France, en faire un monologue, y inventer Adèle, Adèle Trousseau vingt-huit ans quarante-huit kilos. Par sa bouche faire entendre une âme tanathopathe ; *tanathos* c'est la mort, *pathos* ce dont on souffre.

La Maladie de la mort aurait bien mieux convenu mais c'était déjà pris.

Pourquoi elle a dit non, pourquoi elle est partie, c'est la question des mères amputées et sans nom, sans aucun adjectif. Le dictionnaire lui-même veut effacer la plaie, orpheline à l'envers, le deuil doit être vite fait. Elles s'interrogent, les mères, elles ont donné cette vie qui se fait meurtrière, elles ont porté cette vie, qu'ont-elles fait de travers, elles m'appellent espérant que je réponde à cela, elles m'appellent en sachant qu'elles entendront d'abord : vous n'y êtes pour rien. Elles sourient tristement, disent toujours : je sais bien. Ajoutent parfois : j'ai mis du temps, mais oui je sais. Ce n'est pas de ma faute, ce n'est pas de notre faute, nous en avons parlé à la maison consultons un médecin nos amis nous soutiennent le foyer déserté était loin d'être parfait mais nous ne sommes pas coupables. Il n'y a pas de coupable et pourtant elle s'est tuée. Pourquoi elle et pas vous ?

Gélatines rouges et mauves. Poursuite, je fais trois pas, m'approche du bord doucement. Le public a enflé, l'ange n'est plus seul maintenant ; beaucoup d'yeux luisent, cornées réfléchissantes lueur des projecteurs. Une forêt diamantaire, un scintillement qui scrute, combien de flammes, bûcher, jugement. Ainsi me voilà donc soumise à la question, comme s'il m'était possible de pouvoir y répondre, comme s'il existait une formule, une recette de bonne femme, une astuce transmissible, comme si le oui ou non négocié chaque matin ne s'imposait pas à moi, à moi aussi, encore et sûrement pour toujours.

Ce qu'elles exigent, au fond, c'est que je me justifie. Je ne suis pas encore morte, j'ai survécu à tant, il faudrait à présent que je m'ouvre le crâne, qu'elles auscultent et qu'elles palpent, s'emparent du bout de viande qui me maintient en vie, pourtant si malgré moi. Elle est morte et pas moi, car j'ai un sens aigu, Mesdames, aigu de mon propre divertissement. Ce qui m'occupe chaque minute c'est l'envie d'arrêter. Un vrai désir, comprenez-vous. Alors je mets en place dispositif verrous sublimations diverses afin de m'en détourner. Je ne survis pas parce que j'éprouve de l'appétence, je suis vide et ennui, personne, personne dedans.

Pourquoi je ne suis pas morte, pourquoi je ne me tue pas, grâce à vous la question s'impose désormais chaque seconde, plus seulement au lever, non, vraiment chaque seconde. Vous me transmettez le mal en vous allégeant. Est-ce que ça vaut le coup, le coup d'être vécu, n'est-ce pas vain et usant, stérile, toujours décevant : la moindre situation, à présent le moindre lien, le plus petit échange, chaque microévénement. Je suffoque, voyez-vous. Dans ma poitrine mon cœur semble déjà embaumé.

Le réflexe de survie n'existe pas, Mesdames, lorsque l'on n'a personne, rien, pas même soi, personne à qui se raccrocher. Vous dites parfois : quelle chance inouïe Chloé, vous, vous avez vos livres, l'écriture vous fait tenir. Comme si écrire c'était juste ça, une béquille, le fameux quelque chose qui s'apparente aux bouées. L'écriture ne sert à rien, face à ce ressenti, je vous assure, à rien du tout. L'écriture n'apaise pas, elle redouble la douleur puisqu'on la sollicite. L'écriture permet juste de se noyer avec grâce, lentement, pleins et déliés, élégance du je coule, dissociation rendant le mouvement supportable, je m'appelle Ophélie j'habite en asphyxie mais je suis extrêmement bien habillée.

Je n'écris pas pour guérir de la tanathopathie, non, vraiment pas du tout. Modifier le réel, pour unique objectif et seule motivation. Écrire pour ne pas mourir, ça ne peut avoir de sens. J'écris pour déconstruire : modifier le réel, la fiction et la langue sont des outils guerriers. Guerriers, oui, parfaitement. Le réel est hostile à tous ses survivants, et j'ai bien trop de haine, trop de ressentiment, pour le laisser broyer ma subjectivité. Il est là le secret, le secret du pourquoi, pourquoi elles et pas moi. Mesdames, regardez-moi : je suis de Némésis une enfant naturelle, *le don de qui est dû* j'en ai fait ma mission, seule la vengeance m'anime, je suis viscéralement faite pour le châtiment, mon sang n'est constitué que de globules colériques. Je ne peux pas me tuer, même si l'envie taraude matin midi et soir ; je ne peux pas me tuer : pour traîne des Érynies, mon âme est un hachoir. Je ne suis qu'un outil amenant le choc en retour. Ma simple résistance donne tort aux statistiques, je suis là pour contrer toute purification, de la miséricorde j'incarne l'antonyme.

Le rideau ne tombe pas, pourtant j'ai terminé. Je n'ai plus rien à leur dire, plus rien à ajouter. Si ce n'est qu'au fond ce choix qu'a effectué leur fille ne les regarde pas, elles n'ont pas à le comprendre, juste à le respecter. En cherchant des raisons, gradation des facteurs, elles profanent une douleur qui leur est étrangère. Restera hors de portée. Qu'elles s'acharnent m'écœure, mais ainsi est leur rôle. Rien ne peut être pire qu'une mère : elle pond et elle façonne l'objet de son amour, un amour répugnant, qui préexiste errant, jusqu'à sa fixation ; un amour de principe, alternative au rien qui la dévore de solitude, un sentiment si faux puisque excluant la rencontre, un amour programmé, parfaitement culturel. Le rideau ne tombe pas, contrairement au couperet effilé huées rauques sifflets d'indignation, le public est outré à briser les fauteuils. Je ne m'excuse même pas. Je reste verticale : elles vous ont échappé, c'est ça qui vous fait mal. Alors je vois une ombre se lever lentement, elle flotte dans les allées, glissant jusqu'à la scène où elle s'impose, souveraine, couronnée d'hallalis. Elle me toise en silence, il prend une majuscule.

Je la scrute à mon tour, nos regards se faïencent, laquelle peut fissurer. Je refuse de céder, je ne baisserai pas les yeux. Nul ici comme ailleurs n'aura en cet instant le monopole de la douleur. Je regarde ma plaie, elle a la forme d'un ange réfractaire cicatrice. Il serait donc question de m'imposer une béance, d'héberger en mon sein, à jamais, sa souffrance qui refuse de pourrir au rythme de son corps enseveli quelque part, quelle tombe et quelle lignée, cercueil précédant le père, la mère, rupture ordre des choses, bouleversement fracture aïeux et héritiers. L'ange a les pupilles fixes, l'éclat accusateur, son index se tend, je suis la condamnée voici mes derniers jours, puis-je encore les compter, ils s'écrasent aux lamelles du parquet corrompu, les vers blancs les dévorent, tout espoir en charpie. Je sais que désormais je devrai vivre avec, avec l'ange, à pleine chair. J'ignore si je saurai pouvoir le supporter.

Je suis vide et ennui, à présent me voilà nullipare engrossée par une désolation, un désastre étranger qui s'impose intérieur. Résistance vaine, personne. Dehors, dedans, personne. Du crêpe et des couronnes s'amoncèlent au-dedans, je suis vortex charnier, ci-gisent mes affligées, vivre avec, vivre avec, par mes pores un suc gras, topaze en filets bruns suinte et se fait torrent. La scène offre un spectacle soudainement d'envergure, débauche d'effets spéciaux, flots de sang et de boue, mes veines s'autonomisent, je suis une marionnette, je suis leur marionnette, mes gestes sous contrôle, mon âme évaporée.

Mon larynx se contracte et le public réclame, d'ici j'entends leurs cris, ils fendent l'air sibyllin exigeant un devenir qui soit à la mesure de ce qui fut commis. *Le don de qui est dû*, la fille de Némésis mérite une sanction cortège mille et une lames, ils en appellent aux mouches, que mes fidèles elles-mêmes en essaim rassemblées s'agglutinent masse noire lèvres, qu'elles envahissent ma bouche. Les déesses du remords grappes épaisses vrombissantes l'œsophage pris d'assaut, jusqu'où vont-elles descendre. Ce que j'ai dans le ventre n'est plus que leur chanson. L'éclairage se tamise, la salle est suspendue, la ritournelle boursoufle, mon ventre chante en chorale, des couplets inégaux, un refrain lapidaire. *Responsabilité : obligation de réparer une faute.* Noir. Puis applaudissements.

En coulisses je suis seule, je suis seule avec l'ange, nous signons les contrats relatifs aux cachets. L'ange a le sang vert pomme, mon rhésus est vicié, il y a des pâtés, croûtes à la signature. En coulisses je suis seule alors je me redresse car je suis l'héroïne tout autant que l'auteur. Chloé Delaume c'est quoi, une surface à transfert, juste un être à son tour. Pour l'administration je n'ai pas d'existence, Chloé Delaume c'est quoi, Silence, j'ai dit silence ; profession écrivain voici mon pseudonyme. Le réel, je m'y cogne. Personnage de fiction, ce n'est pas sur le passeport. Le réel, Silence, le réel. Lui aussi prend une majuscule. Il vous rattrape par l'enveloppe, c'est elle qu'il ronge, le corps s'y dissout peu à peu.

Je suis vivante, et vous êtes morte. Soit, Silence Majuscule. Je suis vivante, toujours pas morte, ça ne veut pas dire que j'ai gagné. Dans le réel, je n'existe pas. Je voyage sous le nom d'une autre, j'ai usurpé son corps et ce corps se rebelle. Pour m'expulser, il enfle. Qui suis-je ? Narratrice ou bien héroïne : l'auteur. Un mètre soixante-huit, pour taille un bon 40. Trente-sept ans, plein juillet en sueur. Dans la tour l'atelier dans l'atelier détours, maintenant chacune son rôle. Vous avez percuté de plein fouet ma fiction, je ricoche au réel. Suis-je digne d'être sauvée ?

Chapitre 10

Hécate et les siens

Le Jugement dernier s'effectue pour chacun au creux de son quotidien, personne ne s'en rend compte et pourtant nous y sommes, ici l'Apocalypse. C'est l'ange qui me l'a dit. *Bientôt*, il a souri. Ses lèvres se sont flétries jusqu'à devenir poussière, il est resté flottant, le visage estropié, un grand vide sous le nez, surface rose et duveteuse, lisse, plate jusqu'au menton. De sa coupe brandie s'échappa un volcan de syllabes volapuk comme autant de souillures sur l'Étoile de la Femme, l'Autel, la Clef, l'Amour.

Je suis la narratrice autant que l'héroïne : par ma bouche parle l'auteur. Une femme. Absolument quelconque. Qui fait face comme toutes celles sous l'Étoile de la Femme exposées à l'horreur du Jugement dernier.

Dissection au printemps quand la Tour foudroyée marque le bouleversement. Dissection au printemps les voix se firent nombreuses, s'élevant de la terre ferme. Ils furent les tout premiers à chuchoter Chloé mais Chloé qui es-tu. Moi, je ne savais pas trop. Je ne pensais pas : un automate, parce que j'avais des sentiments. Mais que sait-on vraiment des poupées mécaniques. J'ignorais si mon cœur palpitait à pleine viande ou s'il était statique en sa nacre cellulose, c'était un handicap. Néanmoins, j'éprouvais. Ça aurait pu durer une vie, une vie entière. La mienne. Ça aurait dû, même, je l'entends.

C'est juillet, c'est l'Épreuve, la clameur est si proche, toute proche, mon propre clan. Ils ne veulent pas y croire, ils disent ne l'écris pas, ils disent tu n'en sais rien, tu ne peux pas savoir. Ils confondent *savoir* avec un autre verbe qui serait *décider*. Ils disent réfléchis *bien*. Comme pour refléter : tu fais mal. Actions, gestes, lignes : un déplacement. *Le déménagement est la troisième plus grande cause de stress après le deuil et le licenciement.*

Ils disent, encore, ils disent. Attends. C'est passager ça va passer, diagnostiquent c'est courant, confient spontanément moi ça m'est arrivé. Ils disent, sans cesse, ils disent. Ils dévident leurs histoires pour ensevelir la mienne, tombereau idylles fugaces et expériences physiques. Femelles comme mâles concluent : personne n'a fini lesbienne pour autant. Cette remarque est suivie d'un point d'exclamation.

Ils s'acharnent, à présent. Ricochet tympan, parasites : une perversion larsen utopies saturées. Ils voudraient que j'écrive pour eux un autre livre, un ouvrage consacré à des problématiques qu'ils jugent plus nécessaires *Chloé quand même y a plus urgent* un livre frontalement politique *C'est pas avec ton cul que tu vas sauver le monde* comme si mon choix était dénué de toute position tout enjeu, comme s'il n'était pas en soi politique je répète politique le privé est. Silence. Analyser l'écume qui souille leurs commissures, obtenir la formule chimique de la panique, se souvenir *Panicus* la vision du Dieu Pan ; le *Petit Robert* ajoute *qui passait pour troubler, effrayer les esprits.*

Dans leurs bouches et dans leurs cerveaux pelotes de confusion, morsures au fil. *Sache que tu as le droit de changer d'avis quoi qu'il arrive*. Lorsqu'ils établissent un contact le maintiennent communiquent m'observent, ils s'interrogent sur mon dedans. Intimité. Questions d'ordre sexuel. Mots crus. Dégueulasses. Insert sonore prégnant un mille-pattes, une chenille. *Alors maintenant tu baises des meufs ? Pas exactement, je suis amoureuse d'une fille. Et vous vous léchez ?* Leurs bouches à demi nues suintent leur incomplétude et s'ouvrent comme des plaies, perplexité palpable au point d'être grumeleuse. Ils passent parfois l'index au lippu affamé. *Mais la bite, ça te manque pas ?*

Hors de moi. Je suis hors de moi, corps dépeuplé. Redistribution des facteurs identitaires en cours : ils auront tellement dit, de moi-même expulsée. À qui ils s'adressent, ils l'ignorent, ils ne savent plus où est ma place, ils ne savent plus où me ranger. Ils me provoquent, oui, ils me cherchent. Ils espèrent tous me retrouver. Telle que j'étais, dois être. Figée parce qu'un jour définie, comme si ce n'était pas moi qui écrivais l'histoire. *On ne peut pas si profondément changer, Chloé.* Mon histoire, la mienne, qui parfois, en des points précis, localisables dans l'espace-temps, se lie à la leur. *À ton âge, c'est impossible.* Nous ne nous écrirons pas ensemble, ces ils et moi, d'ailleurs ce n'est pas ce qu'ils exigent. Que je me plie à leur schéma narratif c'est ça, leur objectif. Je torpille l'équilibre, distribution des rôles, j'incarnais femme mariée, repère stable et point fixe. Je détricote les mailles du fin tissu social, microcosme en danger, une redistribution, quel exemple invoquer, à quoi se raccrocher si la reine brûle son trône. *Mais on ne lui demande pas de l'aimer.* Que le personnage soit plus docile, son nombril moins récalcitrant, c'est ça qu'ils réclament sur-le-champ. *Mais on ne lui demande pas de l'aimer.* Pour sauvegarder la trame de leur récit minable, certains se révèlent prêts à ce que j'achève mes jours dans un livre commun où je n'éprouve plus rien. S'en rendent-ils seulement compte. Je redoute que oui.

C'est juillet, les coups pleuvent, ma narration se modifie et mon Je se convulse. *Tu ne dois pas être celle que tu crois.* Pendant ce temps, ils disent. *Tu ne dois pas être celle que tu crois* or je dois être celle que je veux. Sinon à quoi bon être au monde. Aucun n'entend, car tous subissent. Ils ne cherchent pas à s'écrire, juste à se laisser conter. Des fictions étriquées, où passé la trentaine l'échec saute à la gorge. *Tu ne dois pas être celle que tu crois je n'ai pas le droit de croire en moi Chloé bien sûr que si mais si ça se trouve tu te trompes.* Collégiale assemblée rassembler les données ils disent : regarde-toi. En face, tellement en face que tu comprendras mieux.

Ils veulent que je comprenne. Que je comprenne pourquoi. Pourquoi je leur impose ma décision, mon choix, comme s'il s'agissait là de leur propre existence. Ils veulent que j'analyse mon changement et ma foi, pour s'assurer ainsi que tout cela est. Quoi. Peut-être bien inéluctable, ça les consolerait sûrement. Ma psyché était-elle entortillée stigmates Cassandre à l'invertie, ça, je l'ignore moi-même. Aussi.

Me voilà hors de moi, debout à leurs côtés. J'observe l'individu, corps dodu, race blanche, sexe féminin. Ma peau s'est altérée à cause des stupéfiants, mon ventre tendu, gonflé aux noyades compulsion. Trente-sept ans, même pas morte. Je vis, en attendant. Je ne survis plus, je suis, un détail important qui a ses conséquences. Je n'aime pas le pouvoir, je recherche la puissance : *moyen grâce auquel on peut faire quelque chose*. J'aimerais faire quelque chose. Qui saurait transformer la boue faite de nos pleurs en une plaine dégagée. Il est vrai que hors de moi ça ne se voit pas tellement. Mon Rimmel a coulé, j'ai l'air d'une vieille poupée qui fait peur aux enfants.

Est-ce qu'au-dedans il y a une femme, une femme telle qu'ils définissent *femme* ; un effort. *Le monde appartient aux femmes. C'est-à-dire à la mort. Là-dessus tout le monde ment*. C'est aussi ça qu'ils citent qu'ils intègrent intègrent tant qu'à la fin ils ne répètent même plus ils disent. Or le monde n'appartient pas aux femmes. Et elles n'en veulent certainement pas tel quel. Là-dessus, surtout, *tout le monde ment.*

Psychologie du personnage, des précisions. Hétérosexuelle et misandre, la cohabitation s'est imposée marcel, longtemps et de bonne heure. Je me suis appliquée aux valeurs et aux codes hétéro-normatifs plus souvent qu'à mon tour. En couple, toujours en couple. Installée, fiancée, mariée avec. Je connais les règles, les pièges, le parcours. Quelque part, toujours la même chose, par-delà les singularités. *L'amour est un acte sans importance puisqu'on peut le refaire indéfiniment.* Ils pensent que je plaisante. Que ça va me passer. Une sorte de virus que j'aurais attrapé. Que je ne le répande pas : ils prient. *Tu vas pas dire toi aussi que c'est vulgaire d'être hétéro.* Convertir n'est pas au programme *Tu vas pas dire toi aussi que c'est contre-révolutionnaire d'être hétéro* que leur sommeil soit préservé. Personnage de fiction violeuse de père et père et non fille de, née en rhésus. La langue m'importe trop, je ne suis pas une parole encore moins militante. Je ne suis qu'une soixantaine de kilos de viande molle qui a un petit souci d'identité.

Je ne survis plus, je suis c'est déjà bien seulement. Ni vraiment du Village ni franchement du Château. Abandonnée la caste des hétérosexuelles grand H, cachez-moi donc ce sein, chéri ouvre la portière. Le flou mouvant des bisexuels ne me sied guère, parce que *voilà les anges non ne s'arrêtent pas* et

chansonnette à part je n'aime pas les entre-deux.
Je ne peux être labellisée lesbienne parce que c'est
mon premier amour et que de toute façon je n'ai
ils disent *pas l'air crédible.*

Alors.

Affirmer désormais je ne peux être rappelée, je
ne peux revenir. Contrer leur c'est trop tôt par un
tellement trop tard pour que des barbelés scellent
leurs lèvres maculées de résistance stérile. Ils ne
pourront plus dire car contraints à penser, leurs
dents tomberont peut-être ou pousseront davantage,
selon le piqueté du mercure, la couleur de leur âme
et leur capacité à la déconstruction. Ce sera leur
problème. Moi, j'ai une solution, qu'ils la jugent
volatile ne me concerne pas. Je ne troque pas mon
chaudron contre un vieux puits sans fond, je suis
déjà tombée à pic sur l'aporie.

Datation corporelle 10.03.73, race blanche, sexe
féminin : j'écris. L'identité se meut dans un déploie-
ment sourd. Mademoiselle Madame Mademoiselle
Madame à nouveau Mademoiselle, plus ample la
majuscule. Une rencontre et un choix, un souci de
cohérence, un engagement, peut-être, serait-ce un
engagement. Peau de brebis galeuse, ânes, robe
couleur du temps. La brûlure que fait l'évidence,
l'échauffement de la rétine qui décille, l'arrache-
ment. La bascule du point de vue, voir sous les jupes
des filles millénaires contemplés, une modification.
J'en fais toute une histoire, il en faut toujours une.
La mienne est composée d'un Je indélébile.

Ce soir c'est la pleine lune, juillet, l'épreuve, la pluie lave mes tumeurs, le sable se retire sur de fines cicatrices. Seule et face au miroir, je fixe mes pupilles. Infime fissure, le regard glisse. Brisé en sa surface, mon reflet n'y est plus. La psyché nargue, vacante, l'ébène ceint mon absence, me voilà sans contours, serais-je à reconstruire de qui suis-je le vestige serais-je légion, oui, je le crois. La moiteur est violente, juillet se veut l'épreuve j'ignore quand elle cessera. Je fixe mes pupilles, infimes sutures, le regard crisse. C'est aux serres des iris que l'on doit l'air hideux qui se crécelle en cuivres. Je est tellement un Autre, j'aurais pu m'en douter. Tracer soi-même tracer arc-en-ciel ligne de vie. Personnage de fiction, au-delà du papier s'inscrire en héroïne, quand bien même minuscule. Telle est ma volonté, aussi sera-t-elle faite : c'est moi qui pose les règles puisque c'est ma partie. Depuis le temps, tout de même, ils devraient s'être habitués.

Chapitre 11

Sans teint

« Les miroirs et la copulation sont abominables, parce qu'ils multiplient le nombre des hommes. »

J. L. Borges, *Fictions*

« Beaucoup aimeraient dire que l'homosexualité et sa représentation culturelle ne sont pas dissociables, que la représentation ne s'ensuit pas de la sexualité comme un pâle reflet, mais que la représentation a une fonction constitutive et que la sexualité s'ensuit de la représentation au moins comme un de ses effets. »

Judith Butler, *Le Pouvoir des mots,*
Politique du performatif

« – Lorsque j'emploie un mot MOI, dit Dodu Mafflu d'un ton plutôt méprisant, il dit juste ce que j'ai décidé de lui faire dire... ni plus ni moins.
– La question est de savoir, dit Alice, si vous avez le pouvoir de faire dire aux

mots tant de choses équidistantes, multiples et bourriglumpies de variantes infinies. »
Antonin Artaud, *L'Arve et l'Aume*

« Les lesbiennes ne sont pas des femmes. »
Monique Wittig,
La Pensée straight

Chapitre 12

Les poupées vivantes

À présent un souvenir gigogne, l'attente est une chute en dedans. Jeune fille, le bar vide, l'ennui en guettant les clients. Enfant, voiture garée, banquette arrière. Zoom avant. Mouvement circulaire des membres inférieurs, le tissu beige râpe, mord ses cuisses. Un léger écœurement dans la moiteur de la GS, les vitres sont fermées, tubes chewing-gum guimauve cubique, hanches et fesses rebondissent au rythme de l'abandon. Soupirs. Plastic Bertrand répète : *Yé Yé viens danser le hula hoop.* Le père n'arrive pas, elle s'ennuie. La chorégraphie se poursuit, elle est possédée et elle chante en elle-même elle chante pour qu'il vienne qu'il descende, elle a chaud, tellement chaud, interminable aujourd'hui cette attente, la face B est presque finie. *Hula hula hula hoop.*

Elle bave. Cliquetis. Le père revient, mais seul. Où est la jolie dame il répond tiens-toi droite j'ai dit correctement et en tournant la clé il hurle déjà ta gueule. Démarrage sec, mais pas en trombe. Rues, avenues défilent. L'enfant n'ose pas penser de crainte d'être entendue, creux de crâne elle s'applique à détruire chaque mot chaque voix chaque image chaque sensation qui la saisit ; mais s'impose obstiné un craquement en écho, vertèbres cervicales, où est la jolie dame, les doigts du père, torsion, concert strangulation. Elle ignore si elle sait ou si elle imagine. Le père en est capable, d'ailleurs il le prouvera. Plus tard, un peu plus tard. Un autre été enfin très loin.

Parfois j'hésite à faire des recherches mais les faits ont trente ans, je n'ai pas le moindre indice, brune avec une longue couette, raide, parfaite, côté droit, coiffure asymétrique robe rouge et blanche vinyle, je crois qu'elle s'appelait Karen. C'est moi qui l'avais choisie sur l'avenue, je l'avais repérée de loin, elle était tellement plus belle que les autres, toutes les autres, magnifique, une poupée vivante j'avais dit à mon père : prends elle.

Quelques lignes, une colonne, *Le Parisien*, les faits divers. Cet été-là ou bien peut-être elle aussi un 30 juin, la maladie de l'amour la maladie de la mort la drogue la mort la nuit la petite héroïne est sous l'escalier B. À moins que, si ça se trouve. Son cœur palpite encore, c'est possible après tout, elle est paupières turquoise et nacrée baie plein sud. Ce n'était qu'une impression, prégnante mais ça ne prouve rien. A-t-il étranglé la poupée vivante ? Toujours est-il que. Nous n'y sommes plus jamais retournés ensemble, mon père et moi, aux putes.

Il n'est pas revenu tout seul, le souvenir. Des fossiles mémoriels c'était le plus enfoui, tellement anecdotique, oui, tellement secondaire par rapport à tout le reste. *Il y avait bien des moments agréables avec lui*, la Clef a demandé. La Clef est si curieuse qu'elle ne se rend jamais compte. C'est comme ça que c'est remonté en surface, les promenades en voiture, Paris, le grand secret, les sucreries, chansons pop dans l'autoradio, l'attente durant une face de la cassette, normalement juste une face. J'aimais ces moments-là parce qu'il m'appelait par mon prénom. J'existais un peu plus, j'étais presque quelqu'un, quelqu'un de présenté, passeport pour le réel.

La scène est invariable. Rousse ou brune. Triangle. Sièges avant, deux points, banquette troisième point, les relier. Le père, la dame, l'enfant. Les adultes sont tournés vers elle. Décrire, pour insister, préciser ce qui se joue. Sauf que. Reconstruction. Puisque. Nulle conscience sur le coup que les faits font événement. Détails. Foulard rose. Bague bleu électrique. Créoles rouges. Turquoise. Plastique. Maquillée comme. Elle s'appelle dit le père, et ensuite il conduit. Circulation de la parole durant le trajet. Elle est mignonne ta fille C'est elle qui t'a choisie Vous êtes très belle Madame Et toi comment tu me trouves C'est elle qui t'a choisie donc c'est pas la question.

La question aujourd'hui, juillet, l'Épreuve, la question aujourd'hui c'est la Clef qui la pose, et même pas en direct puisque je l'attends encore, puisque je l'attends toujours, prostrée dans l'atelier. Elle revient en écho, la question de la Clef, lâchée il y a deux semaines une nuit à l'île de Ré, comme si ça n'était pas suffisant, cette remontée abrupte des moments agréables. *Tu te mettais à la place du père, tu crois ?* J'ai répondu que je ne savais pas. *Du point de vue du désir.* Rousse ou brune.

C'est une lecture possible, une grille envisageable. Triangle : jouer tous les rôles, des sutures en trois points. Explorer coins recoins, combinaisons, variables. Ici une donnée dense, appui fondamental. Passer par l'homme pour désirer, accéder à la femme. Ici, poupées vivantes. Je pouvais ignorer ce que le père faisait de mon désir, mais j'avais conscience qu'il y avait une forme d'acquisition derrière mon doigt tendu. Il va de soi que j'éprouvais une frustration immense à ne pas posséder la poupée vivante que j'avais choisie et à laisser le père partir avec, le temps de quelques tubes français de l'année 1981.

Être à la place du père. Le père, je ne le désirais pas. Je me souviens d'avoir imité la mère en mettant ma tête sur son torse un matin, des muscles saillants, des poils, c'était la force, l'homme, la violence au repos, je n'avais pas eu peur. J'entendais son cœur battre en souhaitant qu'il se lasse en un decrescendo doucereux et fatal. Aucun fantasme d'inceste, juste le parricide.

Enfant, je ne me suis jamais imaginée rose princesse mais sorcière. Je n'épousais pas papa, je le tuais. Pour protéger maman et pour sauver ma peau. Se mettre à la place du père, c'est aussi se mettre à la place de qui abat maman. C'est comme ça que j'ai construit mon rapport à la masculinité. Le couple parental = bourreau/victime. Un jour un thérapeute a émis l'hypothèse selon laquelle mes tentatives de suicide suivaient le modèle paternel, le modèle, la pulsion de mort en héritage, une singerie pour m'en rapprocher. Je lui ai cassé le nez avec le cendrier. Un baccarat, pas de la camelote, le cabinet était à Saint-Cloud.

Me mettre à la place du père. Être de l'autre côté. Du miroir comme de l'arme. Être celui qui décharge. Et celui qui s'écroule lorsqu'il l'a décidé. Parce qu'on m'affirmait que l'apanage des femmes était l'abnégation, j'ai longtemps cru avoir un homme à l'intérieur.

Chapitre 13

Utopie euclidienne

Je ne croyais plus en l'amour lorsque j'ai rencontré Igor. Une âme de sélénite dans une enveloppe de geek, épiphanie prince russe, un lent apprivoisement. Je ne croyais plus en rien, surtout pas en moi-même, je sortais de l'hôpital le soma en charpie et le cœur résigné. *La treizième revient, c'est encore la première.* À l'orée du coma le devenir de mon chat m'avait soudain troublée, j'avais appelé un proche pour m'assurer que la bête ne serait pas sans foyer, un geste responsable mais bientôt galvaudé par l'envoi des pompiers. *Et c'est toujours la seule, ou c'est le seul moment.* Je ne devais pas mourir. Pas de ma propre main enfournant par poignées de colorés somnifères, bouteille d'eau avaler une bouchée pour papa une gorgée pour maman. Dans les jardins de Sainte-Anne, flottante pyjama bleu, je venais d'accepter de supporter la vie, désormais sans espoir de fuite ou de contrôle. Comme tous, je pourrirai vivante. Par où ça commencera, quel organe flanchera, les poumons ou le foie, les sinus, l'estomac, je l'ignorais encore. Ce dont j'étais certaine c'est qu'un jour mon haleine me dégoûterait moi-même, ça le fait à tous les vieux. Or dire oui à la vie, c'est dire je serai des leurs. J'évitais les miroirs : mon reflet ne cessait de s'y décomposer.

Igor était étrange, si différent de tous, si prêt à m'accepter. Telle que j'étais vraiment, remplie du sang des morts. Je l'ai tellement aimé. J'ai écrit beaucoup de livres, six ans à ses côtés. Peut-être me suis-je purgée de mon charnier intérieur, des fantômes et des drames je me suis évidée, sa main soutenait ma tête pendant que je vomissais. Je n'oublierai jamais combien la compassion équarrissait son regard tandis que disparaissaient mes remugles mémoriels au fond du lavabo.

Nous avons été trois, Igor, la Clef et moi, printemps été automne, un triangle isocèle, une histoire singulière, belle et joyeuse, sans lois. Il était mon mari, elle était notre amante, géométrie variable, désir fluide, peu de heurts. Nous habitions ensemble, un quotidien ludique. Surtout juin et juillet, construction de souvenirs certifiés sans ™ mais avec majuscule. Je n'ai pas cherché la Clef. Elle est venue à moi, s'est imposée au Nous, avait de l'amour pour lui, soulignant une nuance : elle l'aimait mais de moi elle était *amoureuse*. Ce n'est qu'à son contact que j'ai enfin compris où résidait l'écueil, aimer, être amoureuse. Pas du tout la même chose. Pour la Clef comme pour d'autres. Moi, je ne sais pas très bien. Je me contente d'aimer, gradation et Pantone, nuances et Top 50, entrée sortie entrée. Je me contente d'aimer, parfois c'est difficile.

Nous tentions l'équation en connaissance de cause, l'expérience ne pouvait que s'inscrire éphémère. Nous inventions nos vies au cœur même du réel, faisant fi des remarques qui nous mettaient en garde : hors du couple normé le danger nous guettait. Beaucoup voyaient la Clef en élément nocif, infiltrée et tactique, prête à tout pour m'avoir pour elle et pour elle seule. Ils ignoraient que la Clef avait d'autres histoires, qu'elle m'imposait les règles du *poly amori*, qu'elle n'envisageait pas une seconde d'être en couple, surtout pas avec moi. Sans Igor, disait-elle, la fusion serait aussi toxique qu'inéluctable. J'éprouvais une haine brute pour ceux qui la touchaient, j'imaginais souvent leur corps et leur visage, que je lacérais lentement avec un cutter neuf. Bientôt la Clef cessa ses relations annexes, consciente que ses principes engendraient ma torture. Le trio se contracta, points reliés par l'amour. Je m'étonnais moi-même de mon discours de hippie.

C'est moi qui ai brisé l'équilibre isopleure, ils me serraient trop fort, les angles se faisaient aigus, j'étouffais sous le rythme de leurs sollicitations. Rassurer l'un et l'autre sur mes propres sentiments, aimer trop fort écœure, c'est ce qui m'est arrivé. Sans compter la pression, le dolby stéréo à la moindre engueulade, la technique des tenailles qui s'imposait en douce quand je rentrais trop tard un chouïa défoncée. Bientôt ils firent alliance pour contrer mes travers. Sensation d'un retour enfance adolescence, moi seule face aux parents, le père la mère l'enfant le père la pute l'enfant le père la mère la pute miroir mon beau miroir serais-tu déformant.

Je ne les désirais plus à l'approche de l'hiver, je n'aspirais qu'à une chose, c'était être seule et libre.

Quand je suis revenue après Chioné, décembre, la Clef était partie et Igor m'en voulait. Je les avais fait souffrir, je ne pouvais le nier. Disparue des semaines, rejetant tous leurs appels, niant jusqu'à l'existence du secret qui nous liait. J'avais honte, soudainement, de la situation. Je ne l'assumais plus, peut-être trop monogame, structure mentale rigide et vieux reflux cathos. Je reniais l'isocèle, pire, l'équilatéral ; le coq ne chanta pas.

Je constate un échec, mais je ne regrette rien. Oui, ils avaient raison, non, ça n'a pas marché. Combinaison un couple avec un esseulé, ou plus torve et fréquent un calque familial. N'empêche que. Quelques mois. Nous avons tous les trois aimé côtés égaux, comme une alternative au saint encouplement. Peut-être que vient de là, aussi, ma damnation.

Chapitre 14

Calliope, autisme

Ceci est le récit de ma propre Apocalypse, il ne faudrait pas l'oublier.

Chapitre 15

La jeune fille aux cheveux noirs

Igor me racontait souvent l'histoire des amours de Philip K. Dick. L'auteur s'entichait de psychotiques, de jeunes femmes dénuées d'empathie ; elles avaient toutes le même profil au point d'en être interchangeables. L'archétype fut nommé *La jeune fille aux cheveux noirs*.

1970. Philip K. Dick, *Hommes, androïdes et machines*. « Leur comportement m'effraie. Surtout lorsqu'il imite si parfaitement un comportement humain que j'en arrive à avoir la désagréable impression que ces choses tentent de se faire passer pour des humains, sans en être pourtant. Je les appelle alors *androïde*s. »

Igor me racontait tout le temps l'histoire des amours de Philip K. Dick. Parce que j'étais une psychotique, et qu'il croyait sûrement que cette histoire d'empathie était valable pour toutes. Je n'éprouvais plus rien, non, rien à son contact, aussi je me résignais à lui donner raison.

Philip K. Dick, *Le Bal des schizos*, au sujet de Pris Frauenzimmer : « Ces androïdes ont beau être sortis de ventres humains, il n'empêche qu'ils n'ont aucune chaleur humaine. »

Igor me racontait vraiment l'histoire, comme s'il était Philip K. Dick, comme si j'étais Pris Frauenzimmer, il me reprochait ma nature, ma nature d'androïde, chose terrible et glacée, ils disaient : une machine. J'étais devenue recluse en mon cœur aboli, doutant d'être capable de ressentir un jour, à nouveau, quoi que ce soit. Pour quiconque, à bien sûr commencer par moi-même.

À haute voix, livre en main, je déposais le calque. Il s'avéra tranchant, affûté en couperet. *Pas l'air vraiment normal ni naturel*. Je m'approchais, m'approche, miroir mon beau miroir *Pas l'air vraiment normal ni naturel* mon visage *sous le voile de deuil* que forment mes cheveux, mon visage quel qu'il soit et quel que soit mon corps quand j'infiltre le réel, mon visage *étrange maquillage* décoction d'iris les yeux surlignés *trait noir* rouge Coco lèvres cousues cousues fil blanc brisé, aux commissures ça s'effiloche, mon visage *Poupée Masque* il est dit *Poupée Poupée Masque Poupée Poupée Masque qu'elle s'était composé*.

Qu'importe donc mon nom, je suis Chloé ou Pris, juste une poupée vivante, toujours la même réplique, série numérotée miroir mon beau miroir si je m'ouvre le crâne de la rouille ou du sang miroir mon beau miroir qui y a-t-il au-dedans. Expire.

Igor me racontait tellement l'histoire, je n'entends plus du tout Igor. Paris peut être grand quand on ne dit plus je t'aime. C'est à nouveau l'hiver. La mode est aux jambières, fourrure ou synthétique, il ne cesse de neiger. Qu'en est-il de l'intrigue s'interroge le lecteur. Que cessent les digressions s'insurge l'héroïne. C'est ainsi que le récit reprit nuit et juillet.

Chapitre 16

La nuit des faits

Puisqu'il faut une histoire, autant qu'elle soit vraie à moitié. C'est ainsi que l'héroïne se soumit au vivant, durant la longue, si longue Épreuve. La poussière et les larmes avaient coagulé, le sol de l'atelier stagnait en marécage, à chaque pas son corps s'enfonçait un peu plus. Elle n'attendait plus rien, fustigée par l'aurore, prête à sombrer sans bruit, elle observait la boue en vortex insatiable engloutir les vestiges de sa désespérance, se résoudre au réel déchiquetait son âme, lui prouvant par là même qu'elle ne l'avait pas perdue.

Elle ne percevait plus rien, si ce n'est sa douleur. Sourde, aveugle, mais pas muette, au-dedans tout du moins. Ses voix étaient nombreuses, des ricochets plein crâne, le cortex tuméfié par la cacophonie. Le sommeil la faucha, empli de songes si sombres que l'atelier noircit, des nénuphars fanés dégorgeaient un jus rance tout autour de son lit. Elle pensa : de chagrin ce jour je vais mourir. Ça la réconforta et elle ferma les yeux si fort, oui, tellement fort, qu'elle ne vit pas la porte s'ouvrir sur le présent. Un présent qui avance et se penche sur ses lèvres accablées de gerçures, un présent qui se glisse entre les draps fraîchis de se muer en linceul, un présent palpitant qui s'offre à s'essouffler, avide en son retour, chargé résurrection.

Le soleil lentement s'affirme à travers les carreaux lorsque s'amorce la scène qui se grave aux souvenirs. Aux sillons mémoriels une impression fer rouge, l'aiguille fixe chaque mouvement, piqué raide, appliqué. L'instant devient de ceux que l'on vit en sachant qu'ici même, là, maintenant, il y a geste et acte, il y a événement. Un fait si important que l'on sent le cerveau libérer de l'espace, clic droit créer le dossier, nommer le document lancer la procédure les cinq sens décuplés phase enregistrement la saisie du réel implique de la rigueur. Voies neuronales Système limbique Cortex Hippocampe. *La mémoire épisodique, parfois appelée autobiographique, permet à un sujet de se rappeler des événements qu'il a personnellement vécus dans un lieu et à un instant donné.*

Mêmes corps, un peu plus tard. Des baisers de sorcières, des bracelets d'apostates. Sexe comme écarquillé, la Clef gémit l'appel. L'héroïne est craintive, doute autant qu'elle redoute, le geste semble improbable ; la Clef supplie, quatre puis cinq doigts ça marche ; la Clef instruit pivot au pouce et à sa base ; ça glisse, s'enfonce, rapide, vorace. L'héroïne se sent forte, plus virile que le Surmâle, comme armée d'un phallus hypertrophie corolles éclosion de mille têtes va-et-vient appliqués, boutoir définitif. Elle se sent supérieure, oui, aux amants passés et tous ceux à venir, aux amants de la Clef qui quel que soit leur chibre ne pourront rivaliser avec un tel extrême et un tel abandon. Il y a connivence, il y a intelligence et il y a union.

Métacarpe carpe amorce radius : l'héroïne voit ses os sa chair son sang ses muscles transmuter lentement en totem petite mort. Autour de son poignet des spasmes, encouragements et mots d'amour. Si l'étau découvrait soudain mille et une lames, son poing ne serait plus sien, offrande échouée vagin cajolant les muqueuses jusqu'à ce qu'advienne son pourrissement. Elle se dit : je suis prête, que soit l'amputation.

Elle est la pénétrante, mais à aucun instant elle ne pense posséder. D'ailleurs elle ne pense plus. Elle ressent trop pour ça. À présent elle explore l'arrondi des parois et découvre aussitôt les limites de l'enjeu. De l'index elle crochète, tournoiement doucereux. Elle ne sait plus quoi faire, il n'y a plus rien à faire, tout l'intérêt réside dans la pénétration, s'introduire, manœuvrer, là tout est allé vite. Trop vite. Sensation dérangeante que son poing enclavé a la taille d'un fœtus en train de s'avorter. Parasitage mental, images morbides diverses à base de poussins morts et autres bébés rats rongés par la vermine. Panique discrète, perception gynécologique, d'un point de vue symbolique la fusion la séduit, elle y adhère pleinement. Dans les faits l'étrangeté, elle ne sait lutter contre. Elle l'aime et la désire, la Clef, c'est évident. Et pourtant l'héroïne doit admettre le vrai : Clef ou non elle ne peut être confrontée au vide, comme au plein intérieur. Que le corps reste une surface, juste une simple interface, c'est tout ce qu'elle demande, ce qu'elle peut concevoir, ce qu'elle peut supporter.

Quelques minutes encore. L'héroïne peu à peu se fait plus maladroite, crispation aux abîmes, que faire ici que faire je ne suis pas à ma place et de quoi est-ce la place si ce n'est bite et mycoses. L'héroïne se sent mal mais ne laisse rien paraître. La Clef, elle, jouit toujours. Alors l'héroïne cesse le pianotage des doigts, elle laisse peser son poing comme s'il était défunt, agonique au vagin, abandonné au creux. Elle n'a rien trouvé de mieux, elle en a un peu honte. Détenue en la Clef comme un secret trop lourd, si lourd qu'à l'expulsion la Clef doit se résigner. Un dernier mouvement ample en adieu matriciel. Une jouissance en apnée. La Clef as-tu du cœur, miroir mon beau miroir ses pupilles s'équarrissent et son souffle se fait court quand son je t'aime percute les murs de l'atelier.

Dans ses bras je m'endors, moi qui suis l'héroïne. Je ne rêve plus à rien, le dénouement m'emplit, la victoire sur l'Épreuve, juillet s'achève enfin. Je suis pleine d'un réel où je ne suis pas seule mais où je me sais libre, tout du moins je le crois autant que je l'espère. Pourtant j'ignore encore comment, oui, comment faire. Pour éviter les pièges de l'encouplement, l'étiolement de l'amour, l'ennui, les habitudes. La question reste entière. Je suis en plein réel et vous en pleine fiction, la Clef fut attendue, que se passe-t-il au réveil. Les possibles sont nombreux, j'hésite à me décider. Miroir mon beau miroir, quelle vie me souhaitez-vous ?

Chapitre 17

De l'autre côté

Vous lisez ce roman dans une pose confortable, attendant lascivement la suite des événements. Vous êtes en empathie avec le personnage, sinon pourquoi poursuivre, posez-vous la question. Qu'importe le degré du transfert effectué, à ce stade vous guettez l'amorce du dénouement. Vous savez que ce livre est composé de vie, de réel, de fiction. Peut-être cherchez-vous encore à faire le tri, comme si la vérité se trouvait dans les faits, pas dans le ressenti. Peut-être même pensez-vous des choses épouvantables, surtout à mon sujet.

Je ne suis pas aimable et méprise le bonheur qui s'orne de majuscule. Suis-je digne d'être sauvée ? Non, vous ne taperez pas 1. Un livre-réalité où le personnage se plie au vouloir du lecteur jusqu'au creux de ses reins, vous ne voterez pas ma vie, le concept est plaisant mais faut pas abuser.

Alors.

Vous lisez ce roman qui ne vous divertit pas. Je ne vous détourne de rien, encore moins de ce qui occupe. De ce qui vous occupe. Le capitalisme vorace ou votre propre existence. L'apocalypse globale ou bien individuelle. Qu'importe le degré du blasphème proféré, à ce stade vous guettez chaque stigmate fébrilement. Vous savez que ce livre est composé de réel autant que de fiction. Au milieu est ma vie. Laquelle me souhaitez-vous ?

L'ellipse sera commune, une année trépassée, l'amour Chloé la Clef, que peut-il advenir. C'est à vous de souhaiter, c'est à vous de choisir. Nous sommes jeudi matin, où se trouve l'héroïne : contrôlez cette donnée, faites ployer le récit, rien ne peut vous arriver, non, aucune conséquence. Personne n'en saura rien, ou presque, surtout si vous jouez le jeu.

Nous sommes jeudi matin et je suis l'héroïne. J'ai atteint trente-huit ans, mon aura forme un cercle où domine le fuchsia, des trouées gris mucus le criblent savamment. Il est dix heures, je dors. Je fais un rêve pénible, cartographie statique, les quartiers sont les mêmes au centre est le Château. Il est plein de vermine, les gonds menacent, porte boursouflée. Je traverse le couloir, emprunte deux ascenseurs, bientôt il sera temps de tout désinfecter. Ma sueur empoisse mes tempes, mes paupières sont un suaire, aucun son ne jaillit, bouche trop sèche langue amorphe. J'effectue une sortie, je ne suis plus dans mon corps. Quiconque peut s'introduire et en prendre les commandes. Quiconque possède ce petit livre. Je m'appelle Chloé Delaume, je suis un personnage de fiction *Prends-le, et avale-le ; il sera amer à tes entrailles, mais dans ta bouche il sera doux comme du miel.* Il se peut par ailleurs que je ne sois qu'un médium, un canal aux parois parfaitement récurées.

Sachez, je ne suis personne, à l'intérieur personne, je me gonfle de vide, une baudruche anémiée. J'ignorais qu'en aimant on pouvait à ce point perdre son identité. Voyez, dedans il n'y a personne, aussi installez-vous, le cortex est confortable. Munissez-vous maintenant d'un crayon à papier ou bien d'un stylo bille. Répondez en cochant au questionnaire suivant, cela vous permettra d'entrer dans un récit qui saura vous convenir.

1. Vous avez entre les mains ce petit livre parce que :
a) Il vous a été offert.
b) Vous l'avez acheté ou emprunté.
c) Vous l'avez reçu en service de presse.

2. C'est la première fois que :
a) Vous lisez un roman de Chloé Delaume.
b) Vous lisez un roman de Chloé Delaume où elle n'a envie de tuer personne.
c) Vous lisez un roman de Chloé Delaume en dépassant la page 5.

3. À ce stade du récit vous êtes :
a) Plutôt satisfait.
b) Plutôt insatisfait.
c) En train de vous faire chier, mais grave.

4. Pour vous, un roman est :
a) Un espace où la fiction doit dépasser le réel, sinon qui vous le ferait oublier.

b) Un espace où la langue doit restituer le ressenti, sinon autant regarder la télévision.
c) Un espace où le réel doit être restitué, sinon l'écrivain ne fait pas son boulot.

5. Vous aimez quand l'histoire :
a) Se finit bien.
b) Reste un prétexte.
c) Permet de brosser un portrait acide de la société contemporaine.

6. Vous attendez d'un personnage principal qu'il :
a) Soit proche de vous, dans sa psychologie et ses actes quitte à ce que l'action se déroule systématiquement entre le second étage du Flore et les toilettes pour dames du Baron.
b) S'exprime plus qu'il n'agisse, quitte à citer le *Petit Robert* dans le texte.
c) Soit proche de vous, dans ses convictions et son profil socioculturel quitte à voter Verts dans le texte.

7. L'amour :
a) *C'est offrir à quelqu'un qui n'en veut pas quelque chose que l'on n'a pas.*
b) *Nous déchiquettera encore.*
c) *Est un acte sans importance* puisque *etc.*

8. L'Apocalypse :
a) Est prévue en 2012 et aura la même concrétude que le bug de l'an 2000.
b) Est peut-être effectivement vécue de façon individuelle actuellement.

c) Est une fable religieuse qui n'a jamais cessé d'être à la mode.

9. À la place de l'héroïne :
a) Vous auriez vous aussi attendu la Clef.
b) Vous auriez pris plus de notes.
c) Vous seriez allé vous plaindre au centre LGBT le plus proche.

10. Secrètement, vous aspirez à :
a) Vous consacrer à l'épanouissement de votre vie de famille.
b) Donner à votre vie une forme inédite.
c) Conquérir le monde, en commençant par décrocher un CDI.

11. Quel serait la spécificité du roman idéal :
a) Son temps de lecture correspondrait pile-poil au temps de cuisson de votre osso-buco.
b) Il tenterait de repousser les limites du genre.
c) Il vous permettrait de savoir pour qui voter aux prochaines élections.

12. L'intrusion de ce quiz dans le récit vous a :
a) Diverti, maintenant faut voir.
b) Rappelé que *Certainement pas* n'est toujours pas en poche ce qui est un scandale.
c) Agacé, c'est pas avec des blagues qu'on va relever la France.

Vous avez obtenu une majorité de A
Vous me souhaitez du bien car je suis l'héroïne. Vous aimez les romans qui ne finissent pas trop

mal, surtout s'ils sont d'amour. Celui-là en est un, il vous serait agréable d'assister à un doux et plaisant quotidien. Ça vous donnerait de l'espoir, vous en avez besoin. Vous auriez préféré que la Clef soit un homme, le transfert est plus ardu, la projection moins nette. Vous avez néanmoins rapidement fait avec. Pour Chloé comme pour vous, vous désirez le bonheur, quand bien même minuscule. Vous aspirez de fait à un Elles se pacsèrent et eurent beaucoup d'enfants. Ça reste à négocier. Peut-être que c'est à vous que je cherche à m'adresser. Entre autres mais sûrement. Le chapitre qui vous concerne est page 119 : **Lilith dolorosa**.

Vous avez obtenu une majorité de B
Vous vous souhaitez du bien, car vous êtes un lecteur exigeant, attentif. Une année trépassée, l'héroïne et la Clef, quelle vie attendez-vous. Vous pouvez être l'allié, l'horloge s'est effondrée, ses aiguilles sont si fines, l'acier en détrempé s'utilise savez-vous pour crever les abcès des poupées sociétales ; avancez, voulez-vous. Je vous attends, je crois, il est temps d'être légion. Page 129 : **B5, F7, dame, cavalier**.

Vous avez obtenu une majorité de C
Vous ne me souhaitez rien car ce qui vous importe ce n'est pas mon destin, c'est son ancrage au sol. *Montrer la réalité exacte et triste*, rewind roman naturaliste, mise à jour néoréaliste, vous vous informez sur le décor. Us et coutumes agence CAPA, des documents pas des émois, je ne peux en rien vous secourir. Je ne vous dirai rien du biotope pour le meilleur et pour le queer, je ne crois pas aux vertus

tourisme communautaire et reste avec la Clef hors des circuits tracés où s'effeuillent surpailletés les Gentils Organisateurs. Vous voulez du réel, allez en page 135 : **Le temps des noyaux**.

Lilith dolorosa

Un livre de *mauvaise femme*, pas un livre de *bonne femme*, vous vous êtes égaré. Pour vous le but du jeu s'incarne en la Famille, phase 2 de l'encouplement que le corps soit fertile, qu'importe les moyens pourvu qu'il y ait grossesse. Je vais vous décevoir : vous ne pourrez en rien agir sur ce récit, à peine la porte franchie vous voilà menotté. Ce n'était qu'un appât, le piège s'est refermé, l'acier mord votre gorge, vous êtes à ma merci.

Cela fait très longtemps, plus d'une éternité, que j'attends cet instant. Aussi, je le savoure. Ne me le souillez pas couinements vindicatifs, personne n'interviendra. Vous êtes seul avec moi, poignets liés au chapitre une consentante victime, taisez-vous, écoutez. Je sais, c'est difficile. Vous êtes conditionné, sécrétant à dessein un cérumen si gras que mes mots s'y engluent. À présent ma syntaxe agira en lavement, des ténèbres incartades aux circuits auditifs.

Je suis lasse, voyez-vous. Légion, vous êtes légion. *Croissez multipliez*, vous êtes esclave d'un mythe qui se nourrit de viande et vous vous appliquez à produire des rôtis emmaillotés bien bleus. Femelle ou mâle, qu'importe, vous êtes tous responsables, parfaitement responsables de la situation.

Ne feignez pas d'ignorer de quoi il est question. Et cessez, s'il vous plaît, de vous jeter contre les murs. Il n'y a pas d'issue, comprenez, pas d'issue. Au milieu est cette table, allongez-vous dessus. Allongez-vous, j'ai dit. Les membres le long du corps, que j'ajuste les sangles, ne vous débattez pas.

La seringue impressionne mais ce n'est rien qu'une piqûre, une piqûre de rappel, vous êtes une grande personne, un adulte responsable qui fait vœu de Famille, parent déjà ou en devenir, vous projetant comme. Un adulte responsable, 2,1 enfants par femme en France, crise socio-économique aiguë, effondrement du marché financier mondial, cataclysme écologique planétaire, rumeur d'Apocalypse universelle. L'effet du produit s'estompera dans un quart d'heure. C'est un sérum à ma façon, il permet à la vérité d'accéder quelque temps au cerveau et au cœur. Les flashs seront numérotés je répète les flashs seront numérotés.

1.
Par sa bouche l'héroïne
Déglutit opaline
L'aïeule des aïeules
En hébreu se dit *gueule*
Lil, Lulti, Laïla,
Lilith apparaît là
Lil, Lulti, Laïla,
Lilith parle en moi

2.
Je suis celle qui sait
Je ris de vos méfaits
Je ramasse les pourboires
Quand s'en vient la lune noire
Ouvrez la bouche que j'y vomisse
Ça vous aidera à avorter.

3.
Excusez-moi, mais est-ce que vous pourriez cesser de vous reproduire ?

4.
Contrer la peur au ventre est tout ce qui vous occupe, le remplir d'embryons : un acte anxiolytique, pour un peuple qui ne survit que sous antidépresseurs.

5.
Votre vie est si vide et tellement inutile, plutôt que tenter de devenir quelqu'un vous vous illusionnez à renfort de transferts, jouant la natalité joker existentiel.

6.
Je suis fille de Lilith, je m'exige nullipare ; je n'ai jamais accouché, jamais je n'enfanterai.

7.
Attendu que l'instinct maternel est une construction culturelle.

8.
« Au lieu d'instinct, ne vaudrait-il pas mieux parler d'une fabuleuse pression sociale pour que la femme ne puisse s'accomplir que dans la maternité ? » Élisabeth Badinter, *L'Amour en plus*.

9.
Attendu que la transition démographique est terminée, que la notion de nécessité n'est plus depuis le XXe siècle, toute naissance s'apparente au besoin tertiaire d'Engels, soit au « luxe total ».

10.
Paris Hilton : « Mes chihuahuas font partie de ma famille. »

11.
Je suis la Nullipare. Jamais je n'ai accouché, jamais je n'enfanterai. Parce que moi, mes poupées, je les décapitais.

12.
Thomas Malthus : « La race humaine croîtrait comme les nombres 1, 2, 4, 8, 16, 32, 64, 128, 256 ; tandis que les subsistances croîtraient comme ceux-ci : 1, 2, 3, 4, 5, 6, 7, 8, 9. »

13.
Attendu que la France compte 500 000 orphelins.

14.
Attendu que la Terre compte 143 millions d'orphelins.

15.
Excusez-moi, mais est-ce que vous pourriez cesser de vous reproduire ?

16.
« Réduites à l'état de bêtes, les femmes du secteur le plus arriéré de la société, les classes moyennes "privilégiées" et "instruites", déchet de l'humanité sur lequel Papa règne en maître, essaient de se défoncer en mettant bas. » Valérie Solanas, *Scum Manifesto*.

17.
D'un point de vue physiopathologique, l'embryon est un cancer.

18.
Jean Genet confiait à Beauvoir « ne pas aimer les gens qui aiment les animaux ». Ceux qui aiment les enfants fréquemment m'indisposent.

19.
Je suis la Nullipare, jamais je n'enfanterai. J'exècre les lignées et leurs fictions toxiques, la notion d'héritage ne relève que du virus pour le dernier porteur. Un matin votre enfant vous dira il est temps maintenant de réparer. Alors vous prendrez un couteau et vous vous ouvrirez le ventre en lui chuchotant allez rentre, oh mon chéri, allez reviens. Évidemment, si vous êtes un homme, la dramaturgie perd son sens. Mais.

20.
Si vous êtes un homme, vous n'êtes pas soumis au syndrome Bree Van de Kamp. Aussi, pourquoi voulez-vous des gosses, sachant que votre mère va vouloir s'en occuper ?

21.
L'homme veut son mini-Moi en reflet égotique clone hypocoristique. **Ou**. Serait-ce la pression simplement familiale faire plaisir à mamie à maman aux tatas et montrer à papa qu'on n'est pas un pédé. **Ou**. Quelques comptes à régler au niveau traumatique. À la place du parent incarner le bourreau ; au contraire restaurer, aimer, sauver l'enfant pour réparer le soi et se sauver soi-même. Noter : en cas de plaies avérées, chez le mâle comme la femelle, les enfants sont toujours pâture à guérison. **Ou**. Pour l'artiste raté que voir en la paternité, si ce n'est le pouvoir infini du démiurge. **Ou**. Se plier au joug des traditions nationalistes et / ou religieuses. **Ou**. Donner un sens à une vie blême paraît absurde, mais c'est courant. **Ou**. Rapport au milieu hostile, volonté d'envoyer au front un parfait soldat sacrificiel. (Rayer les mentions inutiles.)

22.
Dieu est mort et pourtant. *Croissez multipliez*, vous êtes esclave d'un mythe qui fait pourrir la viande que vous vous appliquez à livrer brune et tiède. Un système autophage nourri au soleil vert.

23.
Création d'un nouveau personnage, fabrication d'un héros à défaut d'en être un vous-même.

24.
Parce que vous croyez vraiment que c'est comme ça que vous allez solutionner votre problème de retraite ?

25.
FRUSTRATION VS PROCURATION
Allez-vous laisser Eone (huit ans) se rendre avec des quasi-inconnus au concert de M Pokora ? Est-il nécessaire d'informer Winston (six ans) des conséquences juridiques d'une tournante opérée sur une représentante du corps enseignant ? Allez-vous encore longtemps mettre du vieux pain sur votre balcon en écoutant Chérie FM ?

26.
« Les enfants, c'est un peu l'éternité à la portée des caniches de l'oppression. […] Et je ne souffre d'aucun manque. Et je ne répondrai pas à la tyrannie de l'espèce. Et je ne procréerai pas pour prendre ma revanche sur le sort. La vie est ailleurs. *Stilnox Days*. Et la honte est contre-révolutionnaire. Et tout ce que l'on peut espérer maintenant c'est qu'une histoire comme *Sa Majesté des Mouches* se produise à l'échelle planétaire. La famille dans le pavillon de banlieue, "un camp de concentration confortable". »
Sylvain Courtoux, *Stilnox*.

27.
Excusez-moi, mais est-ce que vous pourriez me rappeler qui vous êtes pour vous reproduire ?

28.
L'enfant permet l'accès au marché de l'enfant. Qui n'entre pas en transe devant ce ravissement est un mauvais parent. Qui cède à cette crécelle est un consommateur.

29.
L'horloge biologique qui asservit le corps de la femme, la poussant à désirer se faire engrosser à trente ans, est un mythe. La pression sociale comme celle de la ménopause engendrent en revanche une forme de ventriloquie pavlovienne chez certaines.

30.
« C'est en vérité l'État qui engendre les enfants, il ne naît que des enfants de l'État, voilà la vérité […] l'État met les enfants au monde, on fait seulement croire aux mères qu'elles mettent les enfants au monde, c'est du ventre de l'État que sortent les enfants, voilà la vérité. » Thomas Bernhard, *Maîtres anciens*.

Je suis la Nullipare. Fille digne de Lilith, ennemie d'Ève, langue bifide écaillée parrhèsia. Le produit se dissipe, de vos membres peu à peu vous retrouvez l'usage. Je suis la Nullipare. Je prônerai en vos terres gloire hystérectomie *Dis, avant de stériliser la planète tu veux pas commencer par nettoyer ton bureau, tu travailles dans une poubelle*. Nous sommes jeudi matin, un an plus tard j'ai dit. Chloé, la Clef, l'amour, l'encouplement et puis. Nous sommes jeudi matin, la Clef dès son réveil impose à ma nuit blanche un débat semble-t-il. J'éteins l'ordinateur, la suis dans la cuisine.

Là, devant son thé noir, les pieds nus aux tomettes, la pupille décidée, jade et ambre en paillettes un cercle dévorant le tombé des paupières, elle m'annonce qu'il est temps. Elle prononce : expérience de la maternité. Elle ajoute qu'elle a l'âge, y a longuement pensé, glossolalie démarches et choix à effectuer, c'est son corps et sa vie, tu vas t'y faire, elle dit. T'y faire et accepter, peut-être même adorer si tu hais les enfants c'est parce qu'ils te renvoient à la petite fille en toi, va falloir régler ça Chloé c'est plus possible une position absurde personne ne peut vraiment détester les enfants en soi ça ne veut rien dire.

Choc sismique aux synapses, une révolte au cortex, pensées désagréables, clochettes, je suis perdue. La Clef me sourit doucement et j'ouvre le vortex, j'escompte me jeter dedans, une plongée au néant, supprimer le réel serait la solution. Mon désir est féroce, négativité brute. Je regarde la Clef, elle se raidit un peu, je pense à des choses laides. Du coup, j'ai cru que c'était de ma faute quand sa tête a explosé.

La clameur a cassé la vitre. Je me suis levée, alors j'ai vu ressenti et compris, sans rien pouvoir y faire. À force de la vivre de manière individuelle, j'avais complètement oublié. Tout le monde était touché, l'acmé était certaine et la fissure inéluctable. Audehors, des nuées : c'était l'Apocalypse.

B5, F7, dame, cavalier

Une année trépassée, nous sommes en temps réel. Ce n'est plus l'atelier à la Cité des Arts, pigeons dans l'escalier, dix-huit mètres carrés dévorés de mansarde, et la Clef où est-elle. Il ne reste que l'héroïne et son obscure tumeur, l'ange s'est multiplié. Ici chambre 21, passerelle, palais romain, la Villa Médicis. Luxe, calme sans volupté me voilà seule et libre. Parfaitement seule et libre.

Une résidence d'artistes mais tous les pensionnaires sont venus en famille. Certains sont juste en couple, je suis l'unique soliste au cœur de la promotion. J'ai Vénus en Poissons, la solitude me broie, je n'y avais pas songé en invoquant l'absence de tout encouplement. Je n'avais pas pensé que ça pèse, un cœur sec, que ça pesait autant. Me voilà sans personne, non, personne à aimer puisque enfin seule et libre. Ainsi je l'ai souhaité. Plus d'affects parasites, plus d'horloge grignotée, me consacrer pleinement, exclusivement, à l'écriture. Une retraite désirée, comme on entre dans les ordres. J'ai passé le concours, j'ai obtenu douze mois, nous sommes en plein avril, la Clef ne m'a pas suivie, je n'ai pas insisté, au contraire je l'ai remerciée, travailler seule et libre. La Villa Médicis en cloître labellisé, moi dépouillée de tout, ni foyer, ni point fixe. J'ai déserté Paris, suspendu tout contact depuis mon arrivée. J'exige neuf et nouveau, autel littérature. Je n'avais pas prévu la venue du à quoi bon.

La question du pour qui, du pour qui on écrit, ne s'était jamais posée : je n'écrivais que contre. J'affirmais fabriquer pour moi seule chaque objet, suffisamment nombreuse auteur premières lectrices. Nul besoin d'une adresse, un système autarcique. Bien sûr que j'y ai cru. Jusqu'à ces derniers jours. Personne à qui montrer le roman qui s'achève, si ce n'est mon éditeur. Personne. Et pourtant ça pourrait être un roman d'amour. Je suis si seule et libre, sans objet de désir, sans corps à investir, sans âme sœur, un chaos modelé antimatière. Je suis vide et ennui et rien ne me nourrit, qui parle à qui, moi à moi seule. L'ange assiste glorieux à ma déperdition.

Le décor est sublime, les costumes Dévastée, la page blanche un appel, le temps à disposition, mais je n'y arrive pas, là, je n'y arrive pas. Je suis vide et ennui, c'est toujours la même chose, à une différence près : la solitude, la vraie. Celle qui fustige, transperce, puis enfin pétrifie. Celle qui vous tient lieu d'ombre, jetant sur le devenir des lendemains d'abîme, le néant pour promesse ; j'ai bientôt quarante ans, deux ans ça passe si vite, vieille fille avec un chat à mon Je on ne touche pas il faudrait une alliance qui soit faite d'un alliage parfaitement inédit, il faudrait que s'en vienne l'heure de l'épiphanie. Tout problème a sa solution, déplacer les montagnes proposa la souris.

Lancer un appel d'offre. Instance énonciative, subjectivité brute, auteur narratrice héroïne. Recherche et c'est urgent pas du tout un amant ni un troisième mari ni une petite amie, juste un vrai partenaire. Partenaire au sens strict. *Personne avec laquelle quelqu'un est allié contre les autres joueurs. Personne associée à une autre pour la danse, dans un exercice sportif, professionnel. Personne qui a des relations sexuelles avec une autre. Collectivité avec laquelle une autre collectivité a des relations, des échanges.*

Déposer mon annonce, un espace adapté ou un réseau social, après tout pourquoi pas au point où on en est. Dévier l'encouplement pour en faire présentement une association de malfaiteurs. Modifier le réel à coup de fictions plurielles, créatif attendu, praticien si possible. Doit répondre aux critères de la définition, et cela ligne à ligne. N.B. : le terme *collectivité* implique que le candidat soit au moins trois à l'intérieur. Pas forcément héros narrateur et auteur. Mais il est nécessaire qu'il ne soit pas constitué d'un Moi monolithique. Nonobstant, il n'est pas pour autant indispensable qu'il soit schizophrène. S'il s'avère bipolaire, il doit suivre son traitement ; s'il est unipolaire, mélancolique, aboulique, dépressif : il sera gentil de s'abstenir. De même pour le pervers narcissique, même s'il est légèrement dissocié.

Oui, au moins trois à l'intérieur. Parce que je suis nombreuse et lasse de nous faire taire. Je suis Chloé Delaume, auteur, narratrice, héroïne. Je suis aussi la Reine, sa majesté exige qu'il y ait du répondant, une collectivité, pas juste des pseudonymes, des habits et des masques, partager les pouvoirs, désirs et savoir-faire. Je suis Clotilde Mélisse et peut-être Mélissandre, il faudra me baptiser, légion, je suis légion, chaque voix a sa fonction, la Petite, la Connasse, la Patronne, Carapace, Égérie et Sibylle. La Tueuse, la Régisseuse, Mademoiselle Souffreteuse, Princesse Panique, Poudreuse, Collapse et Agonie. J'attends de toi, Élu, que tu viennes les nommer, mots nouveaux terres immenses, elle + elle, elles + elles, toutes : c'est moi. Noms nouveaux par ta bouche *mutatis mutandis*. L'amour, disent-elles ; des preuves, sait-il.

Tu te présenteras dans la ferme intention d'enlever l'héroïne, tu sauras surprendre la narratrice, œuvrer avec l'auteur. Je t'attends, tu existes, nous ne nous tutoierons pas et nous reconnaîtrons. Je t'attends, entends-moi, toi qui possèdes un double pour chaque identité, toi qui es ça + ça, en puissance au carré. Je suis Chloé Delaume, ton nom sera le mien, de lui s'épanouiront en rhizomes tes multiples. Ils seront des parcelles de ton Moi principal, des entités plénières où s'incarnent caractères, pulsions, désirs, j'y reviens, savoir-faire. Tu seras eux, puisque toi. Le Nous sera si dense, multitude collectif, le Nous sera une kyrielle, pas un ogre de Je, vraiment pas, tout le contraire. Déconstruire le modèle 1 + 1 concrètement. Personnages de fiction tellement pires que les autres, le réel se modifie quand ils s'écrivent dedans. Un vrai partenariat, des sommes de volontés qui aspirent à bâtir des faits, des événements et des situations. Creux de paume trois étoiles, épiderme argentique, quand vient la nouvelle lune ta mâchoire et tes os crissent et t'adoubent en monstre, bois mon sang, s'il te plaît.

Déconstruire le modèle 1 + 1 concrètement, échapper à la norme du saint accouplement. Non pas par l'addition de corps supplémentaires, relations subsidiaires, amours parallèlement. Seuls et libres à l'Éden de tout je me présente. 1 + 1 où chaque chiffre est un origami. Se déplier en Je + Je, l'oiseau de papier change de forme, chaque pli une vie, parfois modifier aux ciseaux, obtenir une orchidée mauve, de tout calque faire un incendie le bûcher est revendiqué. Nous emporterons le feu, nos maisons seront nombreuses, nos chambres séparées mais notre nid unique.

Déconstruire les modèles. *Ce qui sert ou doit servir d'objet d'imitation pour faire ou reproduire quelque chose.* Reproduire, n'est-ce pas, reproduire. Ce verbe, comme la famille, nous y plongerons une lame brillante et affûtée, les cartilages obscènes du Bonheur™ craquelleront lentement, équarrissage ultime de valeurs putrescentes, nous aurons sur les mains le sang brun d'un système certifié autophage, nous aurons creux des reins un désir irradiant la volonté de puissance, démantelant tout pouvoir jusqu'à son ossature. Nous trancherons les fœtus serviles patriarcat, égorgeant les mamans si chéries par l'État, nous barbouillerons les murs des cités gouvernées des vestiges placenta arrachés de leurs ventres palpitant soumission. Nous entendrons des cris qui nous laisseront de marbre. Nous serons les assassins de la table des lois, bouchers et terroristes : oui, nous serons sauvés. Les lendemains ne chantent pas, nous le savons déjà. C'est pour ça qu'aujourd'hui sonne le glas du *ensuite*, ce qui doit arriver s'impose en avènement. Je toise l'ange à présent, je ne le redoute plus, parce que l'Apocalypse veut dire *révélation*. Nous sommes la Fin des Temps. Je t'appelle, entends-moi, grands chevaux amazone, le ciel est déchiré, je suis si seule et libre, l'heure est au cavalier.

Le temps des noyaux

Nous sommes jeudi, n'est-ce pas. Une année trépassée, c'est à nouveau l'été, quatre saisons en ellipse la terre tourne mon cher ange et ce n'est pas ma faute. Suis-je encore l'héroïne, le soleil est de plomb, attente transmutation mais l'or tarde à venir. Que je dise Je ou Elle ça ne change rien au problème, il me faut jouer le jeu, j'en ai posé les règles, je dois prendre de l'élan il y a saut temporel, se projeter se projeter, se cogner au futur à s'y fracasser l'âme, est-ce que ça vaut le coup c'est une question sérieuse.

La vie et l'écriture tellement entremêlées, m'écrire trop à l'avance risque de me figer, sans compter le danger de l'autoprophétie. J'ai peur, oui, je l'avoue. À cet instant précis je redoute chaque syllabe qui vient noircir la page, comme si ma destinée se gravait livre de vie. Je n'ose pas planter le décor de crainte que l'an prochain il s'avère être réel dans ses moindres détails. Le pacte devient encombrant, autant que sa trinité. Auteur narratrice héroïne, je m'y suis tant pliée que la dissociation écartèle mon soma, tour à tour l'une des trois, l'autofiction : ma foi, mais désormais une crise. Je ne peux aller plus loin car ma raison s'étiole, on peut voir à travers.

Nous sommes jeudi ; des rats, des mouches et des serpents qui s'enroulent à leur guise dans ma cage thoracique. La mort et la vermine, si je poursuis dans cette voie mon corps continuera à être dépeuplé, j'en ai la certitude. Je ne ressens plus rien, sang et papier mâché, une bouillie insipide. Je ne peux plus continuer, je n'en ai pas la force. Et puis. Surtout. L'autofiction relève d'un genre de magie noire. Elle engendre des cadavres depuis qu'elle est nommée, j'aurais dû y penser pour en avoir usé, à présent c'est trop tard. J'en appelle au silence, il prend une majuscule.

L'ange apparaît à nous, bouche béante, aphonie. Un mince filet de bave s'écoule commissure gauche, au sol ça forme une flaque où surnagent quelques mots, *responsabilité* flotte en œil de bouillon, j'en ai des haut-le-cœur. À genoux je m'évide, organe après organe, la gorge se tuméfie, pression ça dégurgite peu à peu l'intérieur. Peut-être que je meurs pour être l'égale de l'ange, espérant par là même apaiser son courroux. Mes tripes semblent infinies, maintenant l'intestin grêle glisse le long de mes lèvres, je n'ai plus rien dedans, je me veux seule et libre je ne suis plus qu'une enveloppe, l'ange hésite à rentrer, prendre possession des lieux l'a si longtemps tenté, ma chair est disponible. Mes yeux se vitrent un peu, un flou auréole l'ange, je ne perçois plus qu'une forme, serait-ce celle de ma vie, il n'y a pas de hasard, pourquoi l'ange plein été, pourquoi disait sa mère *elle est morte et pas vous*.

Vous êtes là, dans la pièce. Vous êtes là avec nous. Volontairement témoins, vous voilà, malgré tout. Je ne suis plus qu'une carcasse avec trois souffles au cœur ; l'ange se détourne de moi et vous toise, regard blanc. La frayeur fait lentement craqueler vos globules, paillettes grenat plein gel, étoiles leucocytées. Dans sa main gauche, une coupe. Dans sa main droite un livre, petit et recouvert d'un vernis très épais. *Écris donc ce que tu as vu, ce qui est, et ce qui doit arriver ensuite*. Je gis en trinité, auteur narratrice héroïne. Pourrais-je ressusciter si l'ange me tue dans l'heure, c'est une question anxieuse. Je n'éprouve aucune douleur, pourtant je vois son poing brandir fièrement mon cœur, le porter à ses dents, engloutir mon dedans répandu au parquet. Succion de l'intestin et nous voilà reliés bouche à bouche il aspire et me voilà soulevée mes lèvres s'approchent des siennes, tuyau muqueuses gluantes aspiration vorace. Tel est le baiser de l'ange. D'avoir vomi mes tripes je ne pouvais qu'être châtiée. À la fente des paupières ses yeux sont porcelaine, son sourire se fait immense ; interviendriez-vous ?

C'est l'ange ou moi, n'est-ce pas. Je reconnais sa couleur, le feu en mode majeur, je dois avaler l'ange, c'est une question de survie puisque je ne suis pas morte pourquoi elle et pas vous pourquoi elle et pas moi c'est une question dangereuse. J'ai cassé le miroir, la glace recouvre tout, quelques reflets de sang percent rubis stalagmites. J'ai froid. Quel adjuvant. Auteur, narratrice, héroïne. Je m'appelle Chloé Delaume. Je suis allée au bout, au bout du processus. L'autofiction j'ai dit une sorte de magie noire. Je peux avaler l'ange, oui, j'en ai le pouvoir. Pour digérer sa mort la sacrifier encore, le rituel est omnivore, ses ailes des ectoplasmes. Vaincre Silence Majuscule revient à la raturer. Encore une fois, j'ai peur. Parce que est advenue l'heure. Je dois m'y confronter, l'horloge est impatiente, le ciel est décharné.

Serge Doubrovsky : « fiction, d'événements et de faits strictement réels. Si l'on veut, autofiction, d'avoir confié le langage d'une aventure à l'aventure d'un langage en liberté ».

Alors.

Réel, d'événements et de faits strictement fictifs. Si l'on veut, autofixion, d'avoir injecté de l'aventure à une vie tellement programmée.

Modifier le réel s'impose donc en mission. Je saisis le grimoire et je tourne la page, un acte nécessaire. Je trace la croix centrale du mot avec méthode, autofixion, *i* rouge encadrant l'inconnu. Je trace donc, oui, j'affirme. L'oracle Belline, cinq cartes, la houlette du Changement, ça constitue une preuve. Un retour au réel, dessiner les contours et définir les règles de sa petite histoire, un déplacement s'impose. Je ne suis sûrement personne mais c'est moi au-dedans, moi toute seule qui contrôle. Encadrer l'inconnu pour mieux le libérer, ce sera le but du jeu. Auteur narratrice héroïne, face au miroir, de l'autre côté.

Quant à nous, je + vous sans oublier notre ange, c'est à vous de décider, c'est à vous de finir. Il existe des rituels de magie très puissante, la magie blanche aussi peut être pratiquée. Au commencement était, ne l'oubliez jamais, vous qui êtes le lecteur. L'autofixion s'avance, se joue en collectif, ne m'investissez pas en surface à transferts prenez mangez-en tous, je ne suis qu'un médium, mon Je se veut nomade à l'instar des sibylles. Michel Foucault disait dans *Le Sujet et le Pouvoir* qu'il faudrait « promouvoir de nouvelles formes de subjectivités ». Ne m'investissez pas en surface à transferts, entrez en votre Je, qu'il soit replet de vous, de votre volonté. Écrivez-vous vous-même, quelle vie vous souhaitez-vous.

L'Apocalypse n'est rien face au renouvellement, la subjectivité peut modifier le réel, imposez les pourtours de votre identité, celle que voudraient dissoudre les fictions collectives imposées quotidiennes : c'est là la Fin des Temps. L'autofixion est plus qu'un concept littéraire, ampleur grandeur nature c'est une arme potentielle, je répète, je répète, quelle vie vous souhaitez-vous. Tracez-la en dix lignes, parchemin consacré, nouez un ruban violet, faites des croix tout autour. Ici l'ultime passe-passe, imaginez-vous tous, vos chemins se déploient s'entrecroisent se chevauchent, prenez jouissez-en tous, je vous lègue la formule, quelle vie en ferez-vous ?

Table

Psyché, échos	7
La lie mode d'emploi	19
Sorcière, mon cœur	27
Hératum	35
Le Diable, bon Dieu	41
Le manuscrit de la mère morte	49
Chioné, décembre	57
Calliope, mutisme	67
Éden matin midi bonsoir	69
Hécate et les siens	77
Sans teint	85
Les poupées vivantes	87
Utopie euclidienne	93
Calliope, autisme	97
La jeune fille aux cheveux noirs	99
La nuit des faits	103
De l'autre côté	107
Lilith dolorosa	115
B5, F7, dame, cavalier	125
Le temps des noyaux	131

DU MÊME AUTEUR

Les Mouflettes d'Atropos
Farrago, 2000
et « Folio », n° 3915

Le Cri du sablier
prix Décembre 2001
Farrago-Léo Scheer, 2001
et « Folio », n° 3914

Mes week-ends sont pires que les vôtres
(illustrations de Michèle Kahn)
Éditions du Néant, 2001

La Vanité des somnambules
Farrago-Léo Scheer, 2003

Corpus Simsi : incarnation virtuellement temporaire
Léo Scheer, 2003

Certainement pas
Verticales, 2004

Les juins ont tous la même peau
Rapport sur Boris Vian
Phileas Fogg, 2005
La Chasse au snark, 2005
et « Points », n° P2055

J'habite dans la télévision
Verticales-Phase deux, 2006
et « J'ai lu », n° 8856

La Dernière Fille avant la guerre
Naïve, 2007

Chansons de geste & Opinions
(avec Pascal Pinaud)
Musée d'art contemporain du Val-de-Marne, 2007

La nuit je suis Buffy Summers
Ère, 2007

Transhumances
Ère, 2007

Dans ma maison sous terre
Seuil, 2009

Eden, matin midi et soir
Joca seria, 2009

Narcisse et ses aiguilles
L'une & L'autre édition, 2009

Au commencement était l'adverbe
Joca seria, 2010

La Règle du je
Autofiction, un essai
PUF, 2010

Sillages
*(avec Michaël Glück et Christian Garcin
– illustrations de Jean-Luc Cousty)*
Cadex, 2010

Le Deuil des deux syllabes
L'une & L'autre édition, 2010

Perceptions
(avec François Alary et Ophélie Klère)
Joca seria, 2012

Où le sang nous appelle
(avec Daniel Schneidermann)
Seuil, 2013

RÉALISATION : NORD COMPO À VILLENEUVE-D'ASCQ
IMPRESSION : CPI BRODARD ET TAUPIN À LA FLÈCHE
DÉPÔT LÉGAL : SEPTEMBRE 2013. N° 112350 (73338)
IMPRIMÉ EN FRANCE